TAKE
SHOBO

王子殿下の可愛いお針子

秘め事は塔の上で

秀香穂里

Illustration
ウエハラ蜂

蜜猫
MitsuNeko

王子殿下の可愛いお針子 秘め事は塔の上で

contents

イラスト／ウエハラ蜂

王子殿下の可愛いお針子

秘め事は塔の上で

第一章

その日、夜明けとともに目が覚めた。

なぜだか、胸がときめくのを感じて、マリエ・フロイラインは心臓のあたりをそっと押さえて身体を起こす。

ベッドのすぐ横にある窓からは、薄く光が射《さ》し込《こ》んでいた。カーテンを開けたマリエの瞳に、まばゆい朝の光が飛び込んでくる。

まだ早朝だから、陽射《ひざ》しはきらきらしていて透明で、一日の始まりを祝福しているかのように思える。

枕元に置いた古めかしい時計は、朝の五時半を指している。いつもだったら時計のうるさいベルに起こされるまでぐっすり眠っているのに、今日はその前に起きられた。それだけでもなんだか嬉《うれ》しい。

マリエは知らず知らずのうちに微笑《ほほえ》み、浮き立つ気分でベッドを下り立った。

「……わ、いいお天気……！」

思い切ってカーテンを開くと、初夏の綺麗な光で部屋中が満たされていく。身体に残っていた眠気がすうっと穏やかに消えていく中で、マリエは瞼《まぶた》を閉じ、朝だけの静謐《せいひつ》に身を委ねていた。忙しい毎日を過ごす中で、この時間だけは自分ひとりきり。こころを大切にできるときだ。

四月のまだどこか寒さの残る光が、肌をすべっていく。

柔らかなクリーム色の肌は透明感があり、マリエのたったひとつの自慢だった。

とは言っても、その目を惹《ひ》く赤い髪はふんわりと顔を縁取り、やさしく背中の真ん中まで垂れている。寝ている間は広げているが、仕事中はしっかり編んで後ろでまとめている。

マリエの美しさは、瞳にあった。

深みのある灰色の瞳は暖かそうで、見るひとを和ませ、ほっとさせる。睫毛《まつげ》も長く、まばたきするたびに見とれてしまうぐらいだ。鼻はちいさく、形がいい。

紅を差さなくても赤みのあるくちびるが微笑むのは、きまってなにか楽しいことが起きたときだ。

マリエは誰から見てもとびきり魅力的な十七歳の娘。なのだが、本人は仕事柄、もっと美しいお嬢さんや奥方を目にしているので、自分についてはあまり気にしたことがない。

たまに、金の髪だったらよかったなとか、緑色の目だったら素敵だったのにと女の子らしく憧れることはあるけれど。

マリエは身支度するため、手早くやさしい手触りの木綿のネグリジェを頭からすっぽり脱ぎ、壁にかけてあった紺の膝までのドレスを身に着ける。

ドレスと言っても簡素なデザインで、動きやすい。それでもウエストはきゅっと絞られ、スカート部分にはふんわりとしたタックが入っていて、シルエットはとても素敵だ。

その上から真っ白なエプロンをまとい、顔を洗いに行く。

朝の静かな時間に自分だけのひとときが持てるのは、贅沢《ぜいたく》なことだ。

顔をしっかり洗ってお肌の手入れを簡単にしたら、今度はふわふわした赤毛を丁寧に片側に寄せて編み込む。一本にまとめたものをぐるりと後ろで巻いてピンで留めれば、できあがりだ。

鏡の中には、若々しくて笑顔の自分が映っている。やっぱり蜂蜜色の髪をしていたらなと思うが、朝からない物ねだりをしても仕方ない。

「ん、でーきあがりっと」

鏡の中の自分に微笑んで、マリエは機嫌良く朝ごはんの支度を始めた。メニューはいつも決まっている。トースト二枚に、スクランブルエッグ。

それから、季節の野菜で作る簡単なグリーンサラダにヨーグルト。朝は一分も惜しいから凝ったことはできないが、美味しく食べたい。

パンを焼く間にスクランブルエッグを仕上げてしまい、毎日使っている赤い皿に綺麗に盛り付ける。赤は、マリエの好きな色だ。朝いちばんに見ると元気が出る。

ふんわりと湯気を立てる皿ににこりと微笑み、マリエはホットミルクを手元に置いて美味しく朝食を食べ始めた。

昼間ももちろん食べるけれど、元気で健康な十七歳には足りないぐらいだ。

蜂蜜を塗ったトーストはさくさくで甘く、スクランブルエッグとよく合う。グリーンサラダに使った青菜類は昨日近くの八百屋さんから特別にいただいたばかりのもので、新鮮だ。パンだって、いつもよく行くパン屋さんの人気のパン・ド・ミで、たまにお昼を待たずに売り切れてしまうことがある。

太陽が輝く朝に食べる、美味しい食事。そして大好きなホットミルクを味わい、マリエは満足して立ち上がった。お皿を洗ったら、お店の中を掃除しなければ。

オーラナ大陸の西南にあるちいさな国、スラシュアの王都の真ん中にある腕のいいドレスメーカー、『シュトレン・ドレス』はあった。マリエは『シュトレン・ドレス』の若きお針子見習いだ。いちばん若いマリエの上に三人のお姉さんと、年かさの店長がいる。

マリエはいまから十年前に両親を火事で失った。母さんが風邪で寝込み、父さんがお粥《かゆ》を作ってやっていたときのことだ。

マリエが父さんに頼まれて、近くの牛乳屋さんに行っていた間に、火事は起きた。風が強い冬の日で火の手はあっという間に回り、ちいさな家を焼き尽くした。

なにも、残らなかった。

愛する母さんと父さんは、固く手を握り合った姿勢で見つかったと後から聞かされた。

とも。

おそらく、お粥を作っている鍋を火にかけている最中に目を離してしまったのが原因だろう

近所の仲よしのおばさんの家にひとまず身を寄せたマリエは、泣いて泣いて、泣き暮らした。朝が来ても夜が来ても涙があふれ、もうこのまま死んでしまいたいと思ったほどだ。たった七歳の少女にはなにもできない。まだまだずっと、両親の庇護《ひご》が必要だったのに。

そこへ、「シュトレン・ドレス」の店長であるイライザが訪れたのだ。

『――あなたがマリエ？　私は、イライザ。シュトレン・ドレスを切り盛りしている者よ』

冷ややかな声にびくりと肩を震わせ、マリエはそのひとを見た。どこかで会ったことがある。そうだ、町の真ん中にある人気のドレスメーカー、『シュトレン・ドレス』のひとだ。

高く結い上げた髪は美しい銀髪で、洒落《しやれ》た丸眼鏡の下の青い瞳が突き刺さるようだった。緑のドレスに黒のマントを羽織ったそのひとは、おばさんの後ろに隠れるマリエに、そっと手を差し出してきた。

黒いレースの手袋を脱ぐと、意外にもしっかりした手が見えた。節《ふし》がはっきりしていて、指が長い。朝から晩まで根気強く働く手だということが、幼いマリエにもわかった。

――母さんも、同じ手をしていた。

おずおずとその手を握ると、そのひとは少し笑った。

『私のところにいらっしゃい、マリエ。私はドレスを作っているの。美しくて、機能的で、み

んなの気持ちが明るくなるようなドレスをね。……あなたのお母さんがずっと昔に、シュトレンがまだいまほどの店ではなかった頃に、私のところでウェディングドレスをオーダーしてくれたのよ。大役を仰せつかって、私は最後の三日三晩寝ないで針を進めたわ。おかげで、いまでも胸を張れるほどのドレスが仕上がった。私、そのことをとても誇りに思っているの。だからマリエ、うちにいらっしゃい。学校に行きたいなら行かせてあげるし、面倒も見てあげる』

ほっそりした手を握り、マリエは『――お母さんの写真、ありますか……？』と聞いてみた。

『ドレス、着てたときの……』

『もちろん。お父さんと一緒に写ってるとびきり素敵な一枚がうちに残ってる。見たい？』

『はい』

『それなら、行きましょう』

なにかと親身になってくれた近所のおばさんも、イライザのことは知っていたようで、温かに背中を叩《たた》いてくれた。

『寂しくなったらいつでもおいで。おばさん、ずっとマリエの味方だから』

『おばさん……ありがとう』

おばさんの首にぎゅっとしがみつき、マリエは着の身着のままイライザについていき――そうしてここ『シュトレン・ドレス』にやってきてもう十年が経《た》った。

三人のお姉さんたちはマリエの境遇を知っていて、笑顔で迎えてくれた。

温かなベッドに、美味しい手作りの食事、そしてやさしい言葉がどれほど嬉しかったか。

少しずつ、少しずつマリエは『シュトレン・ドレス』に馴染《なじ》み、いつしか自分も針を持ちたいと思うようになったのだった。

学校に通うよりも、ここでお姉さんやイライザたちと町の女性のためにドレスを作りたい。

町の西側、この国を治める王の住まう城がすぐそこに見える場所にはもっと大きなドレスメーカーがあって、王妃をはじめ、貴族階級の女性たちのためにそれはそれは美しい夢のようなドレスを作るのだけれど、マリエはイライザと一緒に、平凡でも毎日を頑張れるような親しみある一着を作るほうに惹かれたのだ。

その気持ちは、イライザにも伝わったようだ。

最初は学校に通わせたがっていたが、マリエが率先してお店の掃除をし、見よう見まねでお姉さんたちにお茶を淹《い》れたり食事の世話をしているうちに、『うちのお針子に、なる?』と訊《き》いてくれた。

お店が終わり、お姉さんがたが家に帰ったあと、マリエはイライザと一緒にその日最後のお茶を飲んでいた。

引き取られてから、三年ほど経った頃だろうか。

『はい、店長。私、ここで働きたいです。お姉さんたちのようになりたい』

『お針子はね、長いこと修行が必要なの。細かい仕事だって多いわよ。すぐに嫌になってしまうかもしれない』

『そんなことありません。見て、私最近、寝る前にちょっとずつ練習してます』

お店の掃除の際に出た布の切れっ端に丁寧に糸を運んだものを見せると、イライザは厳しい顔をふっとほころばせていた。

『……私も、幼い頃同じことをしたわ。なにか縫ってみたくて、形にしたくてね。……いいわ、マリエ。お針子見習いとして頑張ってちょうだい。でも私はあなたにしあわせになって欲しいの』

しあわせ、と言われて、マリエは目を丸くした。

父さんと母さんを失ってぽっかりと空いたこころを、イライザとお姉さんたちは必死に埋めようとしてくれた。それがしあわせでなくてなんなのだろう。

ここにいられることが、自分にとってのいちばんの幸福だ。

懸命にそう言うと、イライザは驚き、眼鏡を外して少し目元を指で押さえていた。

『――そんなに可愛《かわい》いことを言わないで、マリエ。いつかあなたにもきっと素敵な王子様が現れる。その日が来たら、私は笑顔で送り出したいの。お母さんと同じように、最高のドレスを着せてね』

『私のドレス……』

『花嫁さん、あなただっていずれなりたいでしょう?』

やさしく問われて、マリエはちょっと顔を赤らめた。

十歳になったばかりの頃で、いつかは自分も素敵な恋をして、どなたかのところに嫁ぐのだろうかと淡い想《おも》いが芽生えたばかりの年頃だっただけに、なんだか無性に照れくさかった。

けれども、ちいさな胸はとくとくと弾んでいた。

真っ白なヴェールをかぶり、長いトレーンをさやさやと引きずっていく花嫁を脳裏に思い描き、マリエは頬を赤く染めながら、イライザの顔をのぞき込んだ。

一日が終わり、年老いたイライザは疲れていた様子だったが、毅然《きぜん》とした面持ちで眼鏡をハンカチで拭っている。

第二の母とも言うべき彼女をマリエはこころから尊敬し、愛してもいた。

『イライザ店長が作ってくださるのなら、どんなドレスでも着たいです。一緒に作ってみたいなぁ……』

『それはいいわね。誰かに頼むのもいいけど、自分で作るドレスは格別よ。――さあ、私はこれで帰るから、新人のお針子見習いさん、お店のことをよろしく頼むわよ。火の元には十分注意して、よく寝てね。あ、そうだ、八百屋さんから美味しい苺《いちご》を頂いたの。冷蔵庫に入っているから食べてちょうだい』

『わかりました。イライザ店長、また明日』

黒の帽子、マントを羽織って出ていくイライザにずっとついていこう。そうこころを決めたあの日のことを、マリエはいまでもよく覚えている。

女ばかりの店はもしかしたら気苦労が多いんじゃないか、と近所のおばさんがちょくちょく心配して様子をのぞきに来てくれたけれど、六十代のイライザにお姉さんはみな三十代で、マリエのことはみな自分の娘のように可愛がってくれた。

いまのマリエには、夢がある。

いつか、きちんとお針子として独り立ちし、自分もお姉さんたちのように町の女性から注文を受けてドレスを作ってみたい。

採寸をし、型紙を作り、生地を選んで慎重に裁断し、毎日根気よく縫い続けていく。

そうしてできあがったドレスを女性たちは満面の笑みを浮かべて受け取り、たまにそれを着てお店に遊びに来てくれることがある。

毎日を彩るドレスだから、裾を破いたり、引っかけたり、焦げ痕をこさえてしまうこともあるので、そうした修繕もここでは一手に受け持っていた。

ウェディングドレスのように特別な一着も素敵だけど、日々を丁寧に愛するように、女性たちのこころを明るくするようなドレスが作りたい。

そんなささやかな希望を胸に抱き、壁にかけられた丸時計を見上げると、もう七時前だ。

マリエはお店の裏手にある住居部分にひとりで住み、九時にやってくるイライザたちを毎日出迎えていた。

もうだいぶ古びた建物だが、頑丈だ。ひどく風の強い夜でも安心して眠れるぐらいなのだから。

ちいさな木枠のベッドに作り付けのクローゼット、ドレッサーが置かれた一室。それに、キッチンがある。バスルームと洗濯室はその横だ。

お店を開いている間、お姉さんとイライザは表のサロンで針仕事をしたり、接客をする。そして、順番にお茶を飲み、ランチを取るためにマリエのキッチンにやってくる。そこですかさず美味しい紅茶を淹れ、お姉さんの肩を揉《も》むのがマリエは大好きなのだ。

お姉さんやイライザと他愛《たあい》ないことを話す時間はなにより楽しい。お姉さんたちは地味な針仕事に従事し、やってきた女性を引き立てるためにあえて地味な格好をしているが、三人ともほんとうはとても美しいのだ。

今日は誰がいちばん最初に来るだろう。楽しく考えながらマグカップに残ったホットミルクを飲み干し、流しに運んで手早く洗う。

さあ、お腹《なか》もふくれたことだし、今度はお店を綺麗にしよう。サロンと玄関は念入りに。昨日の仕事が終わった後にきちんと手入れをしているので、朝、慌てることもないのだが、一日の始まりは清々《すがすが》しくしたい。

ほうきでサロン中を掃き清め、今度はぎゅっと絞ったモップで隅々まで拭う。イライザがとても綺麗《きれいず》好きなので、サロンには糸くずひとつ落ちていない。

使ったぞうきんをまとめて洗濯室に運んだ。後でこれはまとめて桶《おけ》で洗い、裏手に干す。

次はお店の玄関を清めるために機嫌よくステンドグラスがはめ込まれた扉を開けて、バケツにたっぷり用意した水を外に向かってえいっと放った――そのときだった。

「――うわっ⁉」

「え、……っえ、えええええっ！」

ほぼ同時に声が上がった。まさか、そこにひとが通りかかるとは。

まだ朝も早く、商店街にやってくる客はいないと思っていたのだ。このへんの店は一様に九時、十時頃から開く。

もしかして、どこかのお店仲間をずぶ濡《ぬ》れにしてしまったのかと慌て、マリエはマントをかぶっているそのひとの腕を強く掴《つか》んだ。

「ごめんなさい！　あの！　私がそそっかしくて、まさか濡らしてしまうなんて……」

「……、っ」

相手は、長身の男性だった。帽子を目深にかぶり、どことなく目をそらしているが、そのマントからは水がぽたぽたとしたたっている。

「中へおいでください。すぐに拭いますから」

「いや、……ぼ、僕はこれぐらい、……平気、だから……」

その低い声を聞いて、マリエの心臓は大きく跳ね飛んだ。

なんだろう。この駆ける鼓動はなんなのだろう。

艶《つや》やかな黒の絹を思わせる極上の声だった。

日頃、女性ばかり相手にしているせいで男性に免疫がないマリエは真っ赤になったものの、掴んだ手は離せない。

自分のうっかりで衣装を台無しにしてしまったのだから、責任を取らねば。

「お願いです。そのままお帰りいただくわけにはいきません。マントを拭うだけも」

必死に懇願するマリエに、男は困ったふうな顔をしていた。とても背が高いのでひょろりとした印象だが、掴んだ手首はしっかりしている。

おどおどする男をこのまま帰してしまったら絶対に風邪を引いてしまう。

素敵なドレスを提供するシュトレン・ドレスには男性物はあいにくないのだが、清潔なタオル類はどっさりある。

「お願い、します。せめて髪だけでも」

うつむく男の黒い髪が帽子の陰からちらりと見える。それだってやっぱり水をたっぷり含んでいた。

「……じゃあ、……拭う、だけ」

「はい、どうぞこちらへ」

渋々頷《うなず》く男にほっとし、掃除したばかりのサロンへと招き入れ、椅子に座ってもらった。

「まずはお帽子を取りますね。それから、マントも」

男が目を泳がせながら帽子を取る。それでようやく互いの視線が合い、こんなときなのにマリエの胸はどくんと強く波打つ。

美しい、ほんとうに美しいアメジストの瞳をしていた彼は、ひどく印象的な目元をしていた。思わず吸い込まれてしまいそうな深い宝石のような両の瞳と、綺麗な鼻筋。物言いたげにかすかに開いたくちびるも形がいい。

それになにより、彼には気品があった。帽子もマントも、シャツもトラウザーズも黒ずくめなのに、香り立つような気高さが感じられたのだ。

「あ、……あの……」

もしかして、西側に住む貴族様だろうか。

領土が狭くても豊かな暮らしが送れるスラシュア国には、代々続く貴族の方々がいる。あまり数は多くないぶん、王家との繋《つな》がりが密接で、長い歴史の中では后《きさき》候補を数人輩出しているほどだ。下町暮らしが肌に染みついているマリエでも、貴族様たちがどれぐらいの権力を有しているか、想像はできる。できるから、青ざめてしまう。

「申し訳ありません。……貴族様、でしょうか？　私がよく見ていなかったから――お許しください……！」

もし、こんなことでシュトレン・ドレスにまで迷惑がかかってしまったらもうここにはいられない。真っ青になるマリエが深く頭を下げると、男はちいさく、「……いや」と言う。

「……いいんです、……その、僕も注意散漫、だったし……これぐらい、気にしないで」

「でも、……でも。あ、まずはマントを拭いてしまいますね。染みになったら大変」

なにから始めていいか混乱しっぱなしだが、とにかくここはしっかりしたい。

男からマントを受け取って作業台に広げ、柔らかなタオルで丁寧に表面を拭く間、手持ちぶさたになってしまう彼のために急いでお茶を淹れた。

「こちらを飲んでお待ちいただけますか。急ぎますので」

「はぁ……」

男はまだ湿った髪をしながらもぽりぽりと頬をかき、紅茶を啜《すす》る。

「……美味《おい》しい……」

「ほんとうですか？　よかった。お代わりもお持ちしますから」

品のあるマントは彼の瞳に似た紫の裏打ちがしてある。軽くて、暖かそうだ。思いきり上質な生地を使っていることは指をすべらせればわかる。気持ちのいいマントをいつまでも触っていたいぐらいだけれど、そうもいかない。

水滴をあらかた拭ったら、トルソーにふんわりとかけて全体を乾かす。

次は帽子だ。羽根飾りも宝石もついていないシンプルな形だが、男性の美貌をより引き立てている気がする。

――素敵なひと……どの貴族様だろう。お名前、聞けるかな。

ちらりと様子を窺《うかが》うと、男もこっちをちょうど見ていた。甲斐甲斐しく働くマリエを物珍しそうに見ている男と目が合うと、相手のほうが先に顔を赤らめた。

ふわりとそのシャープな頬に赤みが差すのを見たら、なんだか胸が温かくなってしまう。貴族様の服を濡らしてしまったのだから、もっと怒られてもおかしくないのに。

「紅茶、お代わりはいかがですか？」

「あ、う、え、……っと」

男があわあわとカップを上げかけたときだった。ぐううう、と低い音がマリエの耳に飛び込んできた。

――いまの音、なに？

もしかして、自分のお腹が鳴ってしまったのだろうか。

急いでお腹に手を当てるのと同時に、男も片手で腹を押さえている。

「……え？」

「あ」

男とまたも目が合ってしまう。アメジストの瞳が忙《せわ》しなく動き、恥ずかしそうに伏せられたとたん、マリエは我慢できずに、ふふっと笑っていた。

バケツの水でびしょ濡れになったばかりなのに、お腹が鳴ってしまう男がなんだかひどく可愛い。

「……う……」

「申し訳ありません、笑ったりして。お腹が空いてらっしゃるなら、ぜひ食べていかれませんか?」

「……い、いや、そこまで世話には……」

「ぜひ。私もさっき食べ終えたばかりです。ご用意できるのは、トースト、たまご料理、フレッシュなサラダにミルクぐらいですけれど」

またも、ぐううううう、と男の腹が盛大に鳴っている。

空腹のときに食べ物の名前を列挙されたら誰だってたまらないはずだ。まだ、朝食を食べていないのだろう。だったら、ごちそうしてみたい。

男は耳の先まで赤らめ、こくりと頷いた。

「では、……少し、だけ」

「はい! ぜひ召し上がってください。たまごは、オムレツ、スクランブル、目玉焼きとできますがどうなさいますか? あ、そういえばベーコンもありますから、ベーコンエッグでも」

「……では、ベーコンとスクランブルエッグで」

「わかりました」

うきうきしながら帽子もトルソーにかぶせていると、男はやっと落ち着きを取り戻したのか、店内をきょろきょろと見回している。

「……ここは？　なにをするところ、かな」

「ドレスを作るお店です。自己紹介が遅れてすみません。私は、お針子見習いのマリエと申します」

ドレスをつまんでもう一度お辞儀をする。普段、こうした上品な挨拶はあまりしないので、大丈夫だろうかとどきどきしてしまう。

男はちょっとおもしろそうな顔で、「マリエ、か」と呟《つぶや》く。

「僕は……ミハイル、という名だ」

「ミハイル様。素敵なお名前です。町の西側からわざわざいらっしゃったのですか？」

「え？　あ、――ああ、そ、……そう、だね」

なぜか言葉につっかえるミハイルだが、好奇心旺盛に店内に飾られたドレスを見つめ、くすりと笑う。

「女性の……夢が詰まっているような場所だ。レースがいっぱいある……」

「貴族様のおしゃれとはまた違いますが、私、この町に住む女性の毎日を楽しく彩りたくて」

そのまま座っていただこうと思ったのだが、ミハイルはひと心地ついたらしく、店内をあちこち見たがっているようだ。

だからマリエも笑顔で、「もしよろしければ」と誘う。

「キッチンにいらっしゃいますか？　窮屈ですけど、綺麗にしてます。そこならすぐにお料理が出せますし」

「……いいの？」

「もちろんです。こちらへどうぞ、ミハイル様」

すぐさま、サロンから扉一枚隔てた向こうにある住居部分に案内する。日頃からこまめに掃除しておいてよかった。突然のお客様にはさすがに慌てるけれど、どこも片付いている。ティーカップを持ったミハイルにはキッチンのテーブルについてもらい、マリエは彼の朝食を作ることにした。

「パンを切って、トースターで焼いている間に、たまごを溶いてフライパンに落として……っと。んー、ベーコン、私も食べればよかったな」

背後のミハイルがどんな顔をしているかわからないが、少なくとも、嫌な気分ではないと思う。思ってもみない美しい男性のお客に恥じらいながらも楽しく朝食の支度をするマリエは、肩越しに振り返り、頬杖をついてじっと見守っているミハイルににこりと微笑みかける。

「すぐできますから待っていてくださいね」

「うん……、きみはここで暮らしているの……？」

「そうです。向こうにベッドルームがあります。隣はバスルーム」

「え、……こんな狭い部屋の横にベッドルームが？　バスルームも？」

その声があまりにも驚いたものだったから、マリエは噴き出してしまう。

大きな館に住む貴族様から見たら、きっと納屋よりも馬小屋よりももっともっとちいさいに違いない。ほんとうに育ちがいいひとなのだろう。

悪気があるわけではないことは伝わってくるから、マリエはベーコンから染み出した脂でたまごを炒《いた》める。

「結構便利なんですよ。起きたらすぐに顔が洗えて、ごはんもここで食べられますし。お風呂だって好きなときにぱっと脱いでぱっと入れます。……っと、はい、できました！」

湯気を立てたフライパンを持って振り返ると、ミハイルの頬が真っ赤だ。なにか、変なことを言っただろうかと瞬時のうちに考えをめぐらせると、あ、と思い当たることがひとつ。

もしかして、もしかしなくても、お風呂のこと――だろうか。

男性の前で言うことではなかったと慌ててしまう。

「あ、あは、あはは……すみません、私ったらおしゃべりで。え、っと、ミルクミルク」

赤いお皿にたまごとベーコンを山盛りにして、ミルクを鍋で温める。トーストもいい色合いに焼き上がっているので、木苺《きいちご》のジャムとバターの両方を出した。

ミハイルの瞳が大きく見開かれる。

「……食べて、いいの？」

「どうぞどうぞ。足りなかったらお代わりも」

「では、……いただき、ます」

わずかに頭を下げてミハイルが食べ出す。最初のひと口は恐る恐ると言った感じだったが、ふわっと仕上がったたまごとかりかりのベーコンに頬をゆるめ、「美味しい……」と呟くなり、猛然と食べ始めた。

さすが、男のひとは食べっぷりがいい。

普段、お姉さんとの食事ではおしゃべりをしながらいただくから、ここまでは食べない。それに、マリエも年頃の娘だ。ドレスのライン——とくにウエストが綺麗に出るよう、バターやお肉はちょっと我慢している。

「サラダも、……うん、美味しい。ミルク……ふあ、……いいね。美味しい、よ」

「よかったぁ……ふふっ、私ももう一度食べたくなっちゃいます。もっともっと食べてくださいね」

あっという間に赤い皿が空になったので、「お代わりはいかがですか?」と訊くと、ミハイルは恥ずかしそうにこくんと頷く。

「では、……もうひと皿」

「お任せください。今度は目玉焼きにしましょうか?」

「そうだね、きみに……お任せしたい」

二皿目は、黄色が美しい目玉焼きにしてみた。トーストも三枚目を焼き、ミルクもお代わりを。

今度はミハイルも味わって食べている。ゆっくりと口にフォークを運び、噛み締めていた。

「こんな美味しい朝食、……初めて、だ」

「ほんとうですか？　私、調子に乗っちゃいます。貴族様に褒めていただけるなんて」

マリエも紅茶を淹れてテーブルにつく。こうしてあらためて見ると、ミハイルはじわりと輝くような深みのある美形だ。

けっして派手な造作ではないのだが、見れば見るほど端整で美しくて、目が離せない。こんな男性に誂《あつら》えるとしたら、どんな服がいいだろうか。さっきトルソーにかけたマントも素晴らしかった。鋭い襟が、ミハイルの引き締まった顎を彩るだろう。

とくに、最上級の紫水晶を閉じ込めたような瞳がいい。

いまは美味しい食事に夢中で顔を伏せていることが多いけれど、彼もこの場に落ち着いてきたのか、ときおり楽しそうにきらりとした輝きをその目に宿す。

フォークを持つ大きな手にふと目を留め、どきりと胸が高鳴る。

イライザ、そしてお姉さんの手とは全然違う。骨っぽくて、長い指。爪もぴかぴかで、普段から多くのひとに守られていることがわかる手だ。

働かない手、と言うと聞こえは悪いかもしれないが、マリエはひと目で見惚《みと》れた。

身なりに気を遣う女性ならともかく、男性で、こんなに綺麗な手をしたひとは見たことがない。パン屋さんだって八百屋さんだって、みんなもっと指が太くてがっしりしている。それらだってもちろん温かみがあって大好きだが。

マリエは自分の手に目を落とし、そっと彼の視線から隠すようにした。

今日はまだクリームを塗り込んでいないことを思い出したのだ。貴族様の女性だったら、やはりすらりとして、傷ひとつない真っ白な指をしているのだろう。

そしてミハイルはきっとそういう指を多く目にしているはずだ。マリエの指先は毎日の仕事で少しだけかさついていた。

――あとで、たっぷりクリームを塗ろう。

うん、と頷いて、マリエは紅茶を口に含む。

くよくよしないのがマリエの取り柄だ。愛する父さんと母さんを失ったときから人生は大きく変わってしまったけれど、神様はちゃんと見てくれている。

その証拠に、イライザが自分を守ってくれたのだ。

「この……店は、なんていう名前？」

「シュトレン・ドレスです。店長のイライザ・ハリエ・シュトレンさんの名前からつけたものなんです。お店にはお姉さんが三人いて、私は身の回りのお世話や細かい仕事をしています。まだお客様を持ったことがないんですけど、いつかは絶対」

「きみ、ドレスが……縫えるのか」

「えへへ、じつは、いま着ているのって私が縫ったんですよ？」

「ほんとうに？」

目玉焼きの最後のひと口を食べるミハイルが目を瞠《みは》るので、マリエは嬉しそうに席を立ち、少し離れたところでくるりと回った。紺色のドレスがふわりと広がって、身体にまといつく。

初めてのドレス製作はずいぶんと苦労した。

三か月はかかったのではないだろうか。お姉さんやイライザの手を借り、気の張る裁断もひとりでやった。

毎日、仕事が終わってからの手作業だったので時間はかかったものの、持っているドレスの中でもいちばんお気に入りの一枚に仕立て上がった。

襟元は高いハイネックになっており、清楚《せいそ》な白のフリルが胸元に飾られている。

深い紺地はマリエの明るい赤毛ともよく合うし、生真面目さと清潔さを滲《にじ》ませるので好きな色だ。

「店長にいただいた生地で作ってみたんです。お客様用に仕入れたんですけど、キャンセルになってしまったのですって。それで、私にって。みんなに手伝ってもらいながら三日前に仕上がったばかりで、私、嬉しくて嬉しくて、仕上げた夜は抱いて寝ました」

「……とても」

ミハイルが照れたように呟いた。

「……素敵だ。きみに、ぴったりだ」

ミハイルは言葉少なだけれど、お世辞を言うようなたちではない気がする。

彼なりに言葉を尽くしてくれることにマリエは微笑み、もう一度、ドレスの裾をつまんでくるっと回った。

あまりにはしゃいだのが悪かったのだろうか。あ、と気づいたときには靴のつま先がよろけて重心を失ってしまう。

くらり、と危うい酩酊《めいてい》感を覚えるマリエの身体が軽く宙に浮く。ミハイルの慌てた顔が視界の隅に映った。

「――危ない……っ！」

「きゃ……！」

大きな手が腰に回ったのを感じたのと同時に、マリエはミハイルの顔を間近にのぞき込む形になってしまい、思わず息を止めた。

抱きとめられている。今朝、出会ったばかりの男のひとに。

もちろん、自分が調子に乗ったせいなのだけれども、温かな手はひどく心地好《ここちよ》くて、マリエをほっとさせる。

幼い頃、父さんが愛情たっぷりに抱き締めてくれた手と少しだけ似ている。

ミハイルはミハイルで固まり、マリエを見つめたままぱちぱちと瞬《まばた》きしていた。

たぶん、二十代前半のひとだと思うのだが、あまり女性は得意ではないのかもしれない。

かすかに口を開いていたミハイルは、マリエが振り落とされないようにと無意識にその胸にきゅっとすがった瞬間、頭から湯気が出るほどに真っ赤になってしまう。

「マ、マリエ——その」

ミハイルの膝の上に乗っかった格好のマリエは、このとんでもないハプニングに青ざめるよりも、初めて触れた男性の胸の厚みに目元を赤らめ、自覚なくミハイルにおずおずと顔を擦り寄せていた。

まるで子猫みたいな仕草にミハイルは息を詰め、それから意を決したようにマリエの髪を撫《な》でてくる。

上から下に動く手はぎこちなく、それだけに誠実だ。

ミハイルの両手に、力がこもる。

強く抱き締められたのは、ほんの一瞬のこと。

華奢《きやしや》なマリエを抱き締めて髪に顔を埋めてくるミハイルにかける言葉が見当たらなくて、彼の胸に身を委ねた。

懐かしい父さんを思い出す。

『マリエ、おいで。父さんにおまえをぎゅっとさせて』

にこにこして言う父さんに、よくマリエは笑顔で駆け寄ったものだ。母さんはそのうしろで嬉しそうな顔をして趣味の編み物をしていたっけ。

ミハイルがそっと囁《ささや》いてきた。

「マリエ……大丈夫？　足を……くじいたりしてない……？」

「あ……ミハイル様、……っご、ごめんなさい！」

一瞬とはいえ、男性の胸に甘えてしまったことを恥じて、マリエは急いで身を起こす。ミハイルの顔に残念そうな色が浮かんだのは、見間違いだろうか。

「すみません。もう、ほんとうにいろいろ……あ、あの、いまお茶淹れますね」

「……いや、もう、お腹いっぱいだ。ありがとう、マリエ……とても美味しかった」

壁の時計で時間を確かめたミハイルは、はにかむような笑みを浮かべて立ち上がる。サロンに向かう彼をマリエも追いかけ、マントを身に着けるのを手伝った。

「もう行ってしまわれるのですか？」

「うん。じつは抜け出して……あ、いや、……ごめん、その、戻らないといけない、から」

口をもごもごさせるミハイルのマントの襟を背伸びして整えたマリエは、一歩下がって、胸に手を当てる。さっき抱き締められたときから、胸の昂《たか》ぶりが収まらないのだ。

「また来てくださいますか？」

「……ここに？　じゃあ、……僕もそのうちドレスを作ってもらわなきゃ、ね」

「ふふっ、素敵な一枚をご用意いたします」

「……うん」

そう言って笑うミハイルの帽子から拭い切れていなかったひとしずく水滴が落ちるのを見て、マリエはハンカチを両手で差し出した。

毎日、刺繍《ししゅう》を丹念に施したお気に入りだけど、ミハイルに使ってもらいたい。青い薔薇《ばら》が刺繍されたハンカチを受け取ったミハイルは、仕事の細かさに感心しているようだ。

「お返しにならなくても構いません。どうぞ使ってくださいませ」

「ありがとう。……では、失礼する。またね、マリエ」

軽く会釈するミハイルが、あたりの様子を窺いながらそっと扉の向こうへ消えていく。

足早に道路を斜めに突っ切り、角を曲がって姿を消すまで、マリエはずっと見送っていた。

時間にしてみれば、たぶん全部で三十分ぐらいのできごとだ。なのに、鮮烈に胸に刻み込まれた。あのやさしい笑顔をまた見たい。貴族様だからそう簡単には会えないだろうが、とっさに抱き締められた温《ぬく》もりは絶対に忘れない。

「……ミハイル様」

ひとり呟き、マリエは四月のふんわりした青空を見上げる。

この胸のときめきを大切にしたい。今日一日ずっとしあわせな気分が続きそうだ。

運命の恋の始まり、だった。

第二章

城に馬で駆け戻ってきたミハイルは、深い森を抜けて裏門へと回り、前もって話をつけていた門番に帽子の陰からちらりと視線を送る。

ミハイルの命令通り、すぐさま重い門が開かれた。

四列の馬が余裕で通れる正門とは違い、裏門は静かで比較的警備も薄い。

スラシュア国は近隣国と上手につき合う術を知っていたので、ここ二百年近くは戦争に巻き込まれていない。

いつか平和ぼけしてしまって有事の際には慌てるのではないかと危ぶむ声が城の内部でもあることはあるが、ひとまず今日もスラシュアは平和だ。

なにせ、この国の第二王子であるミハイル・エネヴァ・スラシュアが明け方こっそり城を抜け出して、仲のいい門番を買収したうえで活気あふれる町へと馬で駆けていったぐらいだ。

ミハイルは門番に馬を任せ、足早に城の内部へと入り、さまざまな場所で待つ侍女の目をかいくぐって自室へとその身をすべり込ませた。

間一髪でセーフ。誰にも見咎《みとが》められずに戻ってこられた。

あの少女。マリエ、という名前だったのだ。

やっと知ることのできた愛《いと》おしい名前を何度も呟き、ミハイルは急いでマントを剥《は》いで、盗賊のような黒ずくめの服から王子としての気品あるシャツやトラウザーズに着替え、髪もわしゃわしゃと直そうとしたが、かき回せば回すほどこんがらがる。

これはもう諦めるしかないが、父王や母上の前に顔を出すまでにはまだ余裕がある。

あとで、事情を打ち明けている親しい侍女になんとかしてもらおう。

今朝早く、親しい者にだけは秘密の計画を打ち明けて、ミハイルは単身町へと下りた。

立場から考えたらあり得ない事だ。

この国の王にして寛容なる父、パウラ・エネヴァ・スラシュアとて、もしもミハイルの行動を知ったら仰天するに違いない。

第二王子とは言え、兄上の身にもしものことがあったらミハイルがスラシュアの未来を紡ぐことになるのだから。

ミハイルは侍女を呼んでひそかに身なりを整え、熱い紅茶を持ってきて欲しいと頼んだ。

それからひとり、大きなマホガニー製の机がある部屋で、背もたれの高い椅子に深く座り込んだ。

「マリ、エ……」

愛らしい顔にぴったりの名だ。

ほんとうは、何度だって呼んでみたかったが、知らない男を家に入れただけではなく、名前も口にされたらさすがに不審がるかもしれないと思って、なんとか堪えた。

高い天井、個人が使うには広すぎる執務室をぐるりと見渡す。

王家としての節度を守りつつも、楽しいことが好きだという血筋があるので、城も華やかだ。

そのことも、いささか地味なミハイルにコンプレックスを抱かせた。

表立つというのがなかなか積極的にできないミハイルにとって、弱冠二十五歳の若さで聴衆を惹《ひ》き付《つ》ける演説ができる兄上の存在がつねに重くのしかかっているのだ。

部屋の四隅に美しい彫刻が施された円すいの柱が立ち、壁にはミハイルの大きな肖像画がかけられている。

花が大好きなミハイルを大切に思う侍女たちが、いつも可憐《かれん》な花を欠かさずに飾ってくれていた。

なかなか自分に自信が持てずにいるミハイルだったが、ともすれば高慢になりがちな王家の中でも飛び抜けて柔和な態度とやさしい笑顔を持つ第二王子に、つねに側にいる従者たちはみなこころを癒やされているのだ。

見目麗しい鎧《よろい》を飾っている兄上の部屋よりは狭いけれど、この部屋は、自分ひとりには十分すぎる空間だ。

ミハイルは、あのマリエがいた暖かな部屋が忘れられなかった。

清潔で、気持ちのいい空間だった。

愛情だけを詰め込んだら、あんなに心地好い部屋になるのだろうか。

今日初めて出会ったふうを装ったが、ミハイルがマリエに会うのはこれが二度目だ。会う、というのは正しい言い方ではないかもしれない。

馬車の中から偶然見かけたのだ。

あれは、三か月前の日曜日。

ミハイルの二十歳を祝うパレードに出るため、母上や兄上とともに豪奢《ごうしゃ》な馬車に乗り、西の丘を下って町へと出向いた。堅実で働き者の国民と触れ合うためだ。父王は長いこと胸を患っていて、ベッドから出られない。

『くれぐれも、スラシュアのことを頼む』

兄とともに何度も頼み込まれて、父思いのミハイルは深く頷いたものの、こうしてひとりになると、――僕になにができるんだろう、と途方に暮れてしまう。

好戦的で明るい兄上とは対照的にミハイルは目立つことや競うことを好まず、自然の中でひとり本を読むのを好むような人柄だった。

父王も、スラシュアが明日すぐさま戦いに赴くという事態に陥っているわけではないため、ミハイルを自由にしてくれていた。

だが、それも少し前までのこと。

この国の王子は二十歳を迎えたら、その名を初めて国民に披露すると同時に、后候補を迎えるのが決まりだ。四つ上の兄上にはもう正室どころか、側室がふたりもいる。ミハイルはそのことに引け目を感じていた。男らしく美々しい兄上とは違って、自分なんか地味でひょろひょろしていて、卓上での舌戦はおろか、剣技も自信がない。

戦うことが大の苦手と来ているので、こればかりはどう直せばいいのか。

いまはまださまざまなことを見逃してくれる父王と、戦乱のないこの時代に生まれたことへ感謝して、ひと目惚《めぼ》れしたマリエのことを考えたい。

あの日——日曜日の昼間、ゆったりと下っていく馬車の中から、ミハイルは見慣れた景色、温かい国民の笑顔を見つめていた。

王家を慕ってくれる民がいてくれるからこそ、自分のような者は存在できている。

そのことに不満はないのだけれど、たまに、自由に外へ出て、自由になにかを食べ、誰かと語らう時間を持ってみたかった。

決められた時間に起き、決められた服を着るのではなく。

兄上と母上が乗った馬車のうしろに、ミハイルと側近が乗り込む馬車が続いた。そして、窓から彼女を見つけたのだ。

マリエを、多くの笑顔の中に。

彼女は王家のパレードに嬉しそうに笑い、花を握る手を振ってくれていた。

赤い髪がふわふわと広がって可愛らしく、笑顔はまるで太陽のように眩《まぶ》しかった。

沈んだこころを癒やしてくれる笑顔を見た瞬間、ミハイルは目が離せなくなり、思わず隣に腰掛ける側近、カイザーの袖を強く引っ張った。

「あの、……あの、子」

「ミハイル様？　ああ、あの赤毛の娘ですか。たいそう可愛らしい子です。確か……シュトレン・ドレスに住み込んでいる娘だったと覚えておりますが」

引っ込み思案で口の重いミハイルに長いこと付き添ってきたカイザーは五十がらみの落ち着いた物腰の従者で、第二王子に課せられた公務の大変さをよく知っていた。

第一王子は直接国の執政に関わり、第二王子は主に外交が任される。

だが、ミハイルはおしゃべりが得意ではなかったので、自らの責務についてはなかなか苦戦していた。

その実直さがひとを惹き付け、ひいては諸外国にスラシュア国の誠実さを裏付けることになっていると知ったら、もっと緊張してしまうだろうが。

だから、カイザーも、まるで夏のひまわりみたいな笑顔で出迎えてくれる娘に惹《ひ》かれたミハイルを好もしく思い、親切にあれこれと話しかけてきた。

「ミハイル様からも手を振ってやってはいかがですか。あの娘もきっと喜びます」

「でも、僕は……兄上みたいに格好よくないし……」

「ミハイル様にはミハイル様の魅力がたくさんあるではないですか。私は大好きですよ。ほら、ほら、娘が遠ざかってしまう」

「──あ」

ミハイルが慌てて窓から身を乗り出して手をちいさく振るが、馬は軽やかな足取りで娘たちの前を通りすぎていく。

その姿が見えなくなってしまってからも、ミハイルはまだ窓の外を見ていた。いまにも、彼女が追いかけてきてくれそうで。

「……あんな子、初めて見た」

「いままでは群衆に紛れてしまっていたのでしょう。もしかしてミハイル様、彼女にもう一度会いたいとか」

「え、いや、ちが……っ」

言っている間から耳がじわりと熱くなってしまい、カイザーが可笑《おか》しそうに笑う。

「……カイザー！」

「申し訳ありません。ですが、思慮深いミハイル様のそんなお顔を見るのは初めてで。今度、町に出て彼女に声をかけてみればよいではありませんか」

「……どういう」

気心知れた仲のカイザーを見やると、彼はにやりと笑う。

「もしもし、そこの可愛らしいお嬢さん。僕のお后《きさき》になりませんか？　とね」

「きみ、……絶対に僕をからかってるだろ」

「いえいえ、とんでもない」

両手を挙げるカイザーが、案外冗談好きであることはもうよくわかっている。とくに怒るでもなく、ミハイルは苦笑いして窓枠に頬杖をついた。

そんなふうに言えたら、どんなにいいだろう。

もう自分だって二十歳なのだ。

正式な世継ぎのことは兄上に任せるとしても、后候補は決めなければいけない。と言っても、この立場だ。父王が他国と友好的な関係を続けていくためにどこかの王女か、この国を支えてくれる貴族の娘をめとるか。二択にひとつのはずだ。

いましがた見たばかりの娘を后に迎えるなんて夢のまた夢なのに、なかなか胸の中の記憶は消えてくれない。

——もし、僕が王子じゃなかったら。きっとこの馬車を駆け下りて、せめて名前を聞いていたかもしれない。ただの一貴族、一平民だとしたら。

我らが王家は国民に愛された、このうえなくしあわせな存在だ。

だが、同時に、憧れの象徴でもあるだけに自由はないに等しい。

国民の鏡であれ、というのが父上の教えだから、ミハイルもひと前に出るときは必死に己を律し、ありったけの威厳をかき集めるようにしていた。

成功しているとは到底思えないが。ほんとうだったら部屋にいて、いつまでも物語が書かれた本を読んでいたいという穏やかなミハイルの性格は、父親譲りだ。

慈愛深い父、パウラを失望させたくない。

そう思うからこそ、ミハイルは第二王子として剣をふるい、馬を走らせてきたが、すべてにおいて優秀すぎる兄上が輝きすぎていた。

ミハイルが自慢できるものといったら、どんなに古い歴史書でも読み解ける知性と理解の深さぐらいだろうか。

王家の規則として、そして父上の命により、ミハイルは二十歳から二十一歳になるまでのこれからの一年間に、后を決めなければならない。

その日がすぐに来てしまうのだと思うと、焦りが募る。

昔から、本で読んだ「恋愛」というものに憧れてきたのだ。『王子なのに情けない』と言われたら怖いので、カイザー以外には誰にも言っていないけれど。

たったひとりの女性をこの目で見つけ出し、深く愛し合いたい。

自身がそのひとのこころを癒やし、寄りかかってもらえればどんなに嬉《うれ》しいか。

スラシュア国は大陸の東寄りに位置しており、四季折々の花や風景が楽しめる。

愛する女性と、慣れ親しんだ風景を歩けたらどんなに素敵だろう。

手を握り合って愛を囁き、笑う彼女にそっとくちづける――と考えたところで、ミハイルはひとり顔を赤らめた。

それこそ、いちばんの側近であるカイザーぐらいしか知らないことだが、ミハイルは、恋の経験がない。

どんなに貪欲に本を読み、知識を得ても、実際に体験したことがないのだ。

王子という立場上、軽率なことはできないのだが、兄上だったら絶対にもっと若い頃から城を抜け出して、町で遊んでいたのだと思う。

「……僕は情けないな」

呟き、ミハイルは立てた片膝に顎を乗せる。

二十歳の男子としてもっと毅然としていなければいけないのに。

「ミハイル様、お茶をお持ちしましたよ」

カイザーがそっと顔を出し、銀盆を運んでくる。普段は侍女がやる仕事だが、朝早くから城を抜け出したミハイルを心配して、わざわざ仕事を代わってくれたに違いない。

「カイザー」

「会えましたか、彼女に」

「……うん、会えた」

「それはようございました。私も心配で心配で、何度も馬を出そうかと思いましたよ」

慣れた手つきで茶を淹《い》れてくれるカイザーが、青い花柄のティーカップを渡してくれる。とても香りがいいこのお茶は、親交のある隣国、ハイトロア国産のものだ。

風光明媚《ふうこうめいび》で、スラシュアよりも領土が広いハイトロアとはその昔何度も交戦した間柄なのだが、もうこの二百年ほどはお互いにほどよい距離を保ち、戦争終結の際に交わした条約を守っている。

雑味が少なく、すっきりした味わいの紅茶をひと口飲み、ミハイルはため息をつく。

「会えたよ、マリエという名前だった。あの店に住み込んで働いているらしい」

「おお、ミハイル様にしては積極的に名を聞き出したのですな。ぜひそのくだりをお聞かせ願えませんか」

幼い頃から可愛がってくれたカイザーには隠し事ができない。

変装をして城を抜け出るところまでは彼にも手伝ってもらっているのだが、その先はひとりでやり抜くと約束したのだ。

ぎりぎりまでカイザーは「お供します」と言い募った。

それも無理はない。いくら城下町とはいえ、王子をひとり送り出すというのは無茶《むちゃ》だ。もし、事故にでも遭ったら。

カイザーがはらはらするのもよくわかったが、朝早くから男ふたりで動いたら人目につくかもしれない。

それに、ひと目惚れしてしまった女性のことは、まず自分の目で確かめたかったのだ。

もう一度、顔が見たい。できれば言葉も交わしたい。名前が知りたい。

想《おも》いを募らせてシュトレン・ドレスに向かったミハイルの頭を冷やすかのように水をかけられた顛末《てんまつ》には、自分でもちょっと笑ってしまう。

なにはともあれ、計画は成功し、なんとか彼女と話すことができた。

「馬車の中で見たときよりもずっと可愛くて、どうしようかと思った……。最初は、普通に店の扉を叩《たた》いて、『少し早い時間だが、店内をのぞかせてもらえませんか』と言うつもりだったんだ。でも、扉が開くなり……水をかけられた」

「ミハイル様が？　彼女に？」

「うん。バケツの水を思いきり頭から」

素直に頷くと、カイザーは身体を二つ折りに曲げて、くくく、と笑いを堪えている。

「大慌てした彼女も可愛かったよ。で、……店に入って濡れた服を拭ってもらったうえに、朝食までごちそうになってしまった」

「どんなメニューでしたか」

ぽつぽつ話すミハイルに、カイザーは目元を柔らかに滲ませる。

「トーストにベーコンとスクランブルエッグ、サラダにミルク」

「ミハイル様にとっては最高の朝食になりましたな」

「あんなに美味しい食事をしたことはなかったよ。……カイザー、彼女の家になにかお礼をすることはできないかな。王家の名前を出すわけにはいかないだろうけど……このままでは申し訳ない」

「そうですなぁ……。あそこは町のドレスメーカーですから、貴族の誰かから注文を出すとか。内情は伏せておくとして、貴族の娘のドレスを受注できれば、きっと喜ぶのでは？」

「わかった。考えておく」

ミハイルが手元に置いていた青い薔薇のハンカチを目敏《めざと》く見つけ、カイザーは「それは？」と訊《き》いてくる。

「これはこれは、見事な刺繍です。もしかして、マリエが？」

「そうだって。彼女、手先も器用なようだよ。自分のドレスも縫ったと言ってた。花がほころぶみたいな笑顔で、ご自慢のドレスを披露してくれた。あの場面を絵にして、きみにも見せたかったぐらいだよ」

「では今度、こっそり画家を連れて彼女の店に行きましょうか。画家にはマリエの姿を覚えてもらって、あとで絵にするわけです。町の娘にとって肖像画は憧れですから、いい記念になりますよ」

「記念……」

そう言われて、ミハイルは言葉に詰まる。

いい記念、にしたいわけではないのだ。今日のことをきっかけに、マリエとは新しい物語を綴《つづ》っていきたい。王子の身でそれを願うのはいけないことだろうか。

「カイザー、……僕が彼女に真剣に恋していると言ったら、きみは止める？」

「ミハイル様」

真面目な声に、カイザーがしっかりした眉を跳ね上げる。

いままで本と自然のことしか興味がなかったミハイルの口から、「恋」という言葉が出たことに驚いているようだ。

「ですが、彼女は町の娘ですよ。ミハイル様」

「僕は、――彼女と結婚したい」

口に出して言うと、胸の中に、ずしんと「結婚」の二文字が刻まれる。そうだ、后をもらうなら、マリエ以外には考えられない。

「ですが……正室となると……。側室としてマリエを迎えるのではだめですか。あなたには見目麗しい候補がずらりとそろっています。ハイトロアの姫も、ミハイル様の后候補ですよ。国王だって、どんなに可愛《かわい》い娘でも、町娘を正室に迎えることには異を唱えるのでは」

「……僕はマリエがいい。彼女の明るい笑顔を毎日見ていたいんだ」

ミハイルは、こうと決めたら頑として動かないところがある。

子どもっぽく意地を張っているわけではないのだが、一生を左右する結婚については自分の意志で決めたい。

カイザーは考え込んでいるが、いつになくミハイルの顔が引き締まっていることに気づいたのだろう。

説き伏せるのは難しいと悟ったのか、ふっと笑い、肩を竦《すく》める。

「ミハイル様がそういうお顔をされているときは、絶対に意志を貫くと決まっています。私ごときが言葉を挟める立場ではありません。……そうですな、では、こうしましょう。彼女になんらかのきっかけを作って、しばらくの間城に来てもらい、暮らしてもらうのはいかがですか。その間、私も精一杯の手伝いをいたしますし、マリエがあなたの后として受け入れてもらえるよう国王への働きかけもします」

「ありがとう、カイザー……！」

さすがはカイザーだ。昔から見てくれているだけあって、自分という人間をよく知っている。彼が味方についてくれたら、どんなにこころ強いか。

「問題は、どんなきっかけにするかということだね」

「ええ。国王様だけではなく、王妃様にもご納得いただけるものでないと」

ふたりは視線を交わし、しばし考えを巡らせる。

そして、どちらからともなくハンカチに目をやった。繊細な色のグラデーションと、ひと針ひと針にこもる愛。

「……そうだ。母上の目に留まるようにするのは？」

「いいお考えです。私も同じことを考えておりました。マリエには、王妃様の夜会ドレスを仕立てるように取りはからいましょうか」

「いや、その前に……僕から母上にそれとなく持ちかけてみる。このハンカチを見れば、マリエの腕前がひと目でわかると思う。今日のお茶の時間、このハンカチを持っていくよ」

「私もついておりますぞ」

頼もしいカイザーに礼を告げていると、侍女が笑顔で部屋に入ってきた。

「ミハイル様、ヨハン様がお呼びです。執務室にお越し頂きたいとのことです」

「兄上が……」

ミハイルは口元を引き締め、立ち上がる。朝食を終えたばかりの兄上がどういう用事なのだろう。

今朝のミハイルは少し体調がすぐれないので、朝食はいらないとカイザーから伝えてあった。

実際は、その隙に町に下りていたのである。

まさか、そのことが兄上にバレたとか。門番には他言しないようにと固く約束していたのだが、変装を見破った者がいたっておかしくない。

カイザーが心配そうに送り出してくれた。ミハイルは足早に兄上の執務室に赴き、扉を叩いた。

「兄上、……ミハイルです」

「おう、入れ」

雄々しい声に抗《あらが》えず、ミハイルは中へと入る。紺と深紅でまとめ上げられた室内は非常に男性的で、ヨハン・エネヴァ・スラシュアの気質をよく表しているようだった。

壁にかかっている肖像画だって、荒々しく前脚を上げた馬のたてがみを掴むヨハンの姿だ。

「ミハイル、体調はどうなんだ」

「あ、……いや、もう大丈夫です」

父親譲りの金髪、太い眉、少し垂れ気味の黒目がちの瞳。

鼻筋はしっかりしていて、くちびるもほのかに厚い美丈夫だ。

第一王子という肩書きがふさわしいヨハンは机の向こうの椅子に腰掛けたまま、両手を顎の下で組んでミハイルをじろじろ見回す。

「……っ、兄上？」

「食欲がなかったわりには頬に赤みが差している」

鋭く指摘され、言葉に詰まってしまう。なにごとも力任せで好戦的な兄上だが、その嗅覚は鋭い。

「なにかあったのか？」

「いえ、……なにも。ただ、ここに来る前に咳《せ》き込《こ》んでしまっただけで……」

自分でも下手な言い訳だなと思う。だが、兄上に早朝の脱出を知られたらなんと言われるか。カイザーの助言通り、マリエをいずれこの城に招くのだとしても、まだいまは伏せておきたい。

ヨハンは、無類の女好きだ。

可愛らしいマリエが毒牙にかからないとはけっして言えない。現に、妻ひとりでは満足しきれず、側室と言えば聞こえはいいが、愛人をふたりも控えさせたうえに、侍女ばかりか、変装した姿で町娘にまで手を出す始末だ。

正室はできた人柄で、ヨハンの浮気性なところを寛容に受け止めてくれている。だからこそ、余計に歯止めが利かないのかもしれない。

子どもができれば、また違うのかもしれないが。

正室の気苦労を案じつつ、ミハイルは何度か咳払《せきばら》いをする。

「風邪、かもしれません。昨日の夜は四月と思えない寒さでしたから……兄上もお気をつけて」

「俺が風邪を引くようにみえるか？　まあいい。馬を出すぞ」

「どこへ行かれるというのですか」

「ハイトロアの国境だ」

またか、とミハイルは胸の裡《うち》で嘆息する。

ヨハンは平和に飽き足らず、隙あらば周囲に戦を吹っかけて、領土を増やそうともくろんでいる。

その標的が、隣国のハイトロアだ。国境に壁はなく、地続きでハイトロアに繋がっている。

スラシュアは、美しいダイヤモンドを産出することで知られている。

すぐ近くのハイトロアには鉱山がないので、昔からダイヤモンドをめぐる戦いが繰り広げられてきた。

ミハイルは、国自体はちいさくても、民が豊かに暮らしていければこれ以上のことはないと考えている。

もちろん、この国にだって貧しい者はいるだろうが、そうした者が路頭に迷わないように教会での慈善活動には力を入れ、失業率も周辺国と比べると圧倒的に低い。

鉱山という厳しい仕事場に従ずる者への手当も破格だ。

だが、兄上のヨハンは現状に満足していない。他国を圧し、もっと、いま以上にスラシュアの名を広めたいようだ。

幼い頃から負けず嫌いの兄上は、四つ下のミハイルにもなにかと突っかかってきた。兄、という立場で勝ち負けを譲ることは絶対にしなかった。

喧嘩《けんか》したとき、ミハイルが泣いて謝っても力を振るおうとしたし、剣術を習うときだってミハイルを徹底的に叩きのめした。

いわゆる、暴君という奴《やつ》だ。

彼に逆らったら大変なことになるから、ミハイルはヨハンとともに馬を駆ることにした。胸の中には、まだマリエの笑顔が刻まれている。

彼女のことを思い出して、己を鼓舞しよう。

厩舎《きゆうしや》に行くと、すでにヨハンとミハイルの馬が用意されていた。明け方に使ったのはべつの馬なので、ここで突っ込まれることはたぶんないはずだ。

従者たちの手を借りてひらりと馬に飛び乗り、柔らかに手綱を握る。愛馬のミナフは賢い牝馬《ひんば》で、ミハイルによく懐《なつ》いている。

ミハイルはけっしてミナフの横腹を強く叩くことはせず、馬と一緒に楽しんで歩くことを好んでいた。その気持ちは、きっとミナフにも届いている。

対照的に、ヨハンの馬、ケルンは荒っぽい気性だ。ミナフにも歯を剥き出《むだ》しにしていなくので、あまり近づけられない。蹴られでもしたら大事だ。

ヨハンとミハイルは、ふたりの従者を連れて馬を走らせた。

まばゆい太陽が、大地を照らしている。青々とした草、可愛らしいピンクの花がそこかしこにあり、緊張するミハイルを和ませてくれる。

二十分も駆けると、あたりは開けて大草原だ。ずっと向こうにはなだらかな稜線《りようせん》が見える。

ハイトロアの国境からわずかに離れたところで馬の足を止め、ヨハンは望遠鏡を取り出す。

「……静かだな。ハイトロアはいつも通りの警護だ。いま襲いかかれば、あれぐらい俺たちでも倒せるはずだ」

「兄さん、それは」

まさかこっちから仕掛けると言うのか。慌てたせいか、思わず、「兄さん」と言ってしまった。ふたりきりのときでもめったに口にしない呼び方に、ヨハンは肩をそびやかし、ふんと鼻を鳴らす。

「ハイトロアにはなんの咎《とが》もありません。いきなり戦を仕掛けるのは……」

「卑怯《ひきょう》だとでも言いたいか？　ミハイル、おまえはいつまで経《た》っても甘ちゃんだな。戦は卑怯なほうが勝つんだ。まともにやり合って大国のハイトロアに勝てるわけがない。だったら、裏をかくのがいちばんだ」

「……でも、僕は反対です。ハイトロアが挑発してきたのならともかく、いまはとても友好的じゃないですか」

「この平和はいつか崩れる。戦争を起こしてこそ国は栄えるんだ。スラシュアはダイヤモンドに恵まれているが、いつまでも採れるわけではないことはおまえも想像がつくだろう。資源には限りがある。だったら、余力のあるいまのうちに領土を広げておいてなんの問題がある」

それはそうなのだが、ハイトロアを占領することで自国の平和を優先させるのは、やはり利己的すぎないだろうか。国の未来について兄に口を挟める立場ではないと思うが、黙っていられない。

「……反対、です。父上もきっと同じ気持ちのはず。ハイトロア侵略を決意する前に、まず父上によくご相談なさっては……」

「ふっ、そんなことはとうにやってるさ。父上はベッドから出られない。……あの身体ではたぶん、もう二度と外に出られまい。だったら、俺が早いうちから指揮を執る。そしてスラシュアのこれからを盤石なものにする。おまえには手伝ってもらうぞ、ミハイル」

嫌です、と言えたらどんなにいいだろう。

だが、ミハイルは第二王子で、弟だ。兄上に逆らえるはずもなく、ミナフのたてがみをそっと撫でつけた。

「まあその前に、おまえの后《きさき》を決めなければな。どうだ、ハイトロアの姫を言いなりにできるのなら、侵略は考えてもいいぞ」

「それ、は」

ハイトロアの姫は、たぐいまれな美貌の持ち主ながらも、非常に気が強いことで有名だ。男勝りに剣を振るい、馬も駆る。

居並ぶ従者たちはみな姫の下僕に近いという話を、以前カイザーから聞いたことがあった。

そんな姫を御するなんて、自分の手には余る。夜会で何度か見かけたことがあり、確かに綺麗な姫だとは思うのだが、相性が悪いと思うのだ。

「僕のような意気地なしは……きっとお気に召さないと思います。兄上のような男らしい方ならともかく」

「よくわかっているじゃないか。あの姫は俺が欲しい」

「兄上にはもう三人も素敵な方がいますよ」

「美しい女がいたら抱きたいと思うのは男の性《さが》だろうが。ミハイル、おまえ、気になる姫はひとりもいないのか？」

　おもしろそうに問われて、頬が熱い。ここで気さくにマリエのことを打ち明けられたら気が楽なのだが、立場上、そうもいかない。マリエをみすみす危ない目に晒《さら》したくないのだ。

「いまは、……とくに」

「女はいいぞ。気取った姫もいいが、町の酒場にいる女はもっといい。男を喜ばせる術を知ってるんだ」

　にやにや笑う兄上に、居心地が悪い。

　たまにふたりきりになると、兄上は女の話をしたがる。

　この間抱いた女はどうだったとか、なにをしてもらったとか。兄上も若い男なのだからある程度は仕方ないと思うのだが、経験不足なミハイルには毒が強すぎる話ばかりだ。

　そう、ミハイルは経験不足どころか、なんの経験もなかった。

　一度も、まだ女性を抱いたことがないのだ。

だから、マリエに対してもどうアプローチしていいのか困る。

今朝だって、うっかり膝に乗った彼女を抱き締めてしまったが、その後どうするかということまでは考えが及ばなかった。きっと兄上ならあっという間に身体を奪うのだろう。

男女がどんなふうに身体を重ねるのか、知識はある。

だが、奥手なせいで女性ともろくに話せずここまで来てしまった。

マリエの温もりを思い出して、ぎゅっと手綱を握る。

ほんとうに、温かくて柔らかな身体をしていた。

抱き締めたときに感じた胸のふくらみを思い出すと、耳がちりっと熱い。どことなく喉の渇きを覚え、ミハイルは馬を後方に向けて従者に近寄り、水の入った筒を受け取った。

ひんやりした水で喉を潤しても、身体の底が熱いのはなぜなのか。

突き詰めて考えると、自分でも驚くような衝動が剥き出しになってしまいそうだから、あえてそこから目をそらし、馬を歩かせていく兄上のあとを追うことにした。

――マリエ、きみに会いたい。

しばらく兄上と馬を走らせて、ミハイルたちは国境沿いのちいさな村をのぞいた。

このへんでは遊牧が盛んなので、村人たちは男も女もがっしりしている。

ヨハンたち一行に気づくなり、どの村人も温かい笑顔で出迎えてくれた。ただし、ヨハンの顔を見ると緊張していたが。

荒々しい次期国王自ら村を訪ねたことに、村長も慌てて出てきて、つっかえつっかえ挨拶をしていた。

突然の非公式訪問で彼らをかしこまらせるのも悪いから、ミハイルは兄上をそっと、「そろそろ城にお戻りになったほうがいいのでは」とうながした。

「では、また来るぞ。今度は公式にな」

「かしこまりました、ヨハン様。お待ちしております」

いつまでも頭を下げる村人に軽く手を振り、ミハイルたちはその場をあとにした。

城に戻ってから執務に戻ると言う兄上と別れ、ひとり部屋で過ごそうかと思っていたミハイルの元に、今度は、「王妃様がお呼びです」と声がかかった。

今日は兄上といい、母上といい、忙しい日だ。でも、ちょうどいい。マリエのことを母上にそれとなく伝えたい。

王妃であり、ミハイルとヨハンの母であるカミラは、奥の広間にいる。

濃い紫色を好むカミラのために床には毛足の長い菫色《すみれいろ》の絨毯《じゅうたん》が敷かれており、そこを歩いて最奥の扉を開くとき、いつも心臓が駆け出す。

「よく来ましたね、ミハイル」

「母上、……ごきげんよう。僕になにかご用ですか？」

一段高いところで背の高い玉座に腰掛ける王妃は、紫の地に銀でらせんを刺繍したドレスを身にまとい、白いハンカチを突きつけてくる。

頬骨が高く、尊大な印象が強い冷ややかな母上が差し出したものを見て、「あ」と声を上げた。

「どこでそれを……?」

マリエのハンカチだ。

「おまえの部屋に先ほど、私がじきじきに行ったのですよ。体調がすぐれずに朝食を取らなかったでしょう」

「ご心配をおかけしてすみません。もう、大丈夫……です」

「それで、このハンカチは誰のものなのですか」

無駄なおしゃべりを嫌うカミラに言うか言うまいか迷ったが、マリエをこの城に呼びたいという欲求に勝てそうにもない。

勇気を振り絞って、ミハイルは話し始めた。

町に、『シュトレン・ドレス』というちいさなドレスメーカーがあるということ。そこに、マリエという十七歳になる娘がいて、刺繍は彼女が施したということを、たまたま町に下りた侍女から聞いたと言いつくろった。幸い母上は信じてくれたようだ。

「その刺繍に目を留められるなんて、さすがは母上」

「まだ針の痕が残っていますがね。でも、とても丁寧な仕事」

ハンカチを裏、表と何度もひっくり返し、カミラは思案顔だ。

「――ミハイル。その娘を城に呼びなさい」

「え？」

声が掠《かす》れた。いまから願おうとしていたことを、先に言われるとは思っていなかった。

カミラはゆったりと足を組み替え、白い手を優雅に振る。

「この娘に、私の夜会服を頼みたいのです。呼べますね？」

「……はい。早急に」

カミラの命は絶対だ。とくにいまは父王が床に伏しているので、重臣たちも国の重要な判断については王妃に伺うことになっている。深く頭を下げ、ミハイルは広間をあとにする。

マリエを城に呼べる。どんな手紙を使者に持たせよう。王妃の命だとはいえ、シュトレン・ドレスとはしばらくお別れしてもらうことになるのだ。彼女ともっと深く知り合いたいという思いは叶《かな》いそうだが、自分勝手だっただろうか。いまになって、心配になってくる。この国の民は愛国心が強いけれど、マリエもそうであって欲しい。

パレードに来てくれるぐらいなのだから、嫌ってはいないだろうけれど。

不安と期待。揺れる振り子の間で、部屋に戻る足取りは自然と速くなっていた。

第三章

マリエのちいさな胸はとくとくと鳴り響き、いまにも破裂しそうだった。

たったひとり、王宮に呼ばれたのだからそれも致し方ない。

国民に親しい王家であることは知っている。三か月前、初めてパレードにも参加した。いままでは仕事があってなかなか出られなかったのだが、第二王子の二十歳を祝う大々的なパレードにはぜひ参加したかったのだ。

その日はシュトレン・ドレスも午前中をお休みとし、みんなで街頭に出た。白い花を持って馬車に振り、中にいらっしゃるだろう王子を祝うのは、一国民としても誇らしかったものだ。

庶民中の庶民であるマリエの目に、パレードは大層華やかなものに映った。正装の御者が飾り立てられた馬車をゆっくり先導し、窓からは王妃や王子たちがにこやかに手を振っていて、遠い世界のひとながらも胸を高鳴らせた。

スラシュア国では、年に何度か大きな夜会がある。

とくに、十二月と六月のパーティには貴族ばかりではなく、日頃国のために尽くしている民からも特別に選出されて、王宮に上がれる。

もちろんこれは大変名誉なことで、めったに行けるものではない。

十二月は一年の労苦をねぎらうため、六月はスラシュア立国を祝うため。

愛国心の強いスラシュア国民は日々真面目に働き、いつか自分も王宮に呼ばれたいとこころひそかに願っている。

マリエもそのひとり。ではあるが、たったひとり呼ばれたというのはどういうことだろう。

六月のパーティは「花祭り」と呼ばれ、国中からさまざまな花が城に届けられる。あじさいがいちばん多く、スラシュアの紙幣にも描かれているぐらいだ。

王族たちもあじさいのように艶《あで》やかなドレスをお召しになると伺っているから、もしかして、その依頼だとか。

――ううん、そんなはずない。私はお針子見習いだもの。呼ばれるなら店長かお姉さんたちじゃないと。

朝の十時、マリエはグレーのドレスを着て、王宮の広間にて静かに待っていた。少し前にここに侍女とともに足を踏み入れた。

「もうしばらくだけお待ちくださいね」

にこりと笑って立ち去った侍女の袖を掴《つか》んで、「一緒に待っていただけませんか」と言いたかったぐらいには緊張している。

驚くほどに高い天井には花々と天使が描かれている。

床だって、模様が美しい大理石。堂々とした柱はマリエが両手を広げても掴めないぐらいにどっしりとしていて、この広間を支えている。

初めての王宮、初めての広間。ときめきなのか緊張なのかわからないけれど、胸は音を立て続けている。

もう一度、自分の身なりに失礼なところがないかどうか目を走らせた。胸元のレースをそっと指で整え、光沢のあるグレーのドレスに糸くずがついていないかどうか確かめる。

うしろに三段のバッスルがついているこれは特別な日に着るもので、イライザ店長みずから直々に仕立ててくれたものだ。

生地は張りのあるシャンタンを使い、バッスルはシフォンでふんわりと。きちんとした印象ながらも女の子らしくなるために、胸元と裾には控えめなフリル。綺麗な縫い目を見ていると、店長に見守られているようで少し安心する。

しっかり頑張って、と店長にも念押しされた。

昨日の昼間、王宮から呼び出しを受けたあと、シュトレン・ドレスは大騒ぎだった。

長いことこの仕事をしているイライザ店長でも、王宮に足を踏み入れたことはないと言っていた。お姉さんたちも。誰もが一瞬不安そうな顔をしたが、いちばん動揺しているのはマリエだと悟ったのだろう。

温かいお茶を淹れて和ませてくれ、支度を一緒に調えてくれた。

――どんなご用件かわからないけど、頑張らなきゃ。

うん、と頷いているマリエの耳に、「王妃様がいらっしゃいます」と男性の声が聞こえてきた。

はっと顔を上げると、王座にふたりの近衛兵《このえへい》が立っている。直視してはいけないと慌てて頭を下げた。

張り詰めるほどの空気の中で、静かに、静かに、衣擦《きぬず》れの音がする。

「――マリエ・フロイライン、顔を上げなさい」

「は、……はい」

絶対に抗えない声は広間によく響く。ドレスの裾を震える指でつまんで、マリエはもう一度お辞儀をした。

「はじめまして、王妃様。マリエ・フロイラインと申します」

なんとか目線を上げたマリエの目に、豪奢な金の刺繍《ししゅう》をほどこしたドレスを身にまとう王妃が映る。高く結い上げた髪が美しい。

その顔の中で際立つ深いアメジストの瞳にぼうっと見とれていると、「マリエ?」と声がかかった。どこかで見た瞳だ。

「どうしたの。気分でも悪いのですか」

「い、いいえ、王妃様。申し訳ございません。あまりにお綺麗な瞳をしていらっしゃるから……」

「そう緊張しなくてもよいのです。今日は、おまえに頼み事があってここに呼びました。このハンカチの薔薇《ばら》は、おまえが刺繍したの？」

ふわりと王妃が白いハンカチを振る。王妃との間に少し距離があったのでマリエは許しを請うて近づき、ハンカチを押《お》し戴《いただ》いて息を呑んだ。

青い薔薇。花びらの濃淡を出すために、幾晩もかかって針を進めたマリエ特製のハンカチを、なぜ王妃が。

わけがわからなくて動転していると、王妃は可笑《おか》しそうに笑い、ゆったりと椅子の肘掛けにもたれる。

「このハンカチをどうして私が持っているのか、わからないのでしょう」

「はい、……王妃様。これは……」

あの日の朝、ミハイルと名乗る男性の髪を拭うために彼に渡したものだ。どこでどう間違って王妃の手に渡ったか想像がまったくつかない。

ミハイルがたまたま王宮に寄って、王妃にお目通りする際に見せたとか。それとも、ミハイルはひょっとしてこのお城に住む者だとか？

――まさか、まさか。ううん、そんなの私の思い違い。

焦るこころをなだめようとするのだが、手にじわりと汗が浮かんでくる。

「よい。私も焦らすのは得意ではありません。――ミハイル」

王妃が脇を向いて声をかける。

すると、衝立《ついたて》の向こうから、長身の男性が現れた。

その顔をひと目見て、マリエは今度こそ呆気《あっけ》に取られた。

マリエが放ったバケツの水をかぶったそのひと、ミハイルが少し困ったような顔をしてそこに立っていた。

白くまばゆい正装で、肩からは金モールが下がっている。平和を象徴する青と太陽の赤、そして駆ける馬を組み合わせたスラシュア国の紋章も。

「……ミハイル、……さま……？」

「マリエ、……来てくれて、ありがとう」

黒髪の下、アメジストの瞳が輝いている。心配そうに。

「……マリエ？」

名前を呼ばれて、「はい！」と姿勢を正した。

「すみません、ミハイル様……」

「この子は第二王子、ミハイル。正式な王位継承権第二位よ。先日二十になったばかりで、その名を知らせるためのパレードもありました。おまえは参加した？」

「はい、僭越《せんえつ》ながら。……あれは、ミハイル様だったのですね」

そっと呟《つぶや》く。王家の馬車に喜んで手を振ったとき、中に見事な黒髪の男性がちらりと見えた。そのひとはマリエと視線が合うなり照れたように引っ込んでしまったけれど、そうだ、あのひとがいま目の前にいるミハイルだ。

──私、王子様に水をかけちゃったんだ……。

いまさらながらにさーっと血の気が引いていく。あのときのことを咎めるために、ここに呼び出されたのかもしれないと思うと、足が竦む。

かたかたと震え出したことに気づいたのか、ミハイルは王妃とマリエを交互に見つめ、意を決したかのように王座を下りて足早に近づいてきた。

「マリエ、突然……すまない。きみに今日ここに来てもらったのは、ちゃんとした理由があるんだ」

「理由……ですか？」

「ああ」

胸に手を当てているマリエに、ミハイルが頷《うなず》く。

「──母上」

「ええ。マリエ、私の夜会服をおまえに頼みたいのです。花祭りに間に合うようにね」

「王妃様の……ドレス、花祭り……」

マリエは驚くあまり、はくはくと口を開いたり閉じたり。なにか言おう、返事をしようと思うのに目眩《めまい》がしてくる。

シュトレン・ドレスのお針子見習いが、王妃様のドレスを縫う。しかも、直々の命を受けて。名誉なことと受け止めるには、重すぎる。

――どうしよう、どうしよう、お返事しなければ。

『もちろんです、王妃様。喜んでお受け致します』

そう言いたかったのに、限界まで極《きわ》まった意識はぷつんと途切れ、マリエはふわりとした酩酊感に任せるままに床に倒れ込んだ。

「――マリエ！」

慌てた声と逞《たくま》しい腕が自分の身体を包み込むのを感じて。


「……ん……」

寝心地のいいベッドで寝返りを打ち、マリエは目元を擦る。なんだか、とてもびっくりするような夢を見てしまった。

ちいさなドレスメーカーのお針子見習いである自分が、なんと王宮に招かれて、王妃様と謁見したばかりか、ドレス製作を依頼されたという日常離れした夢だ。

三か月前のパレードがよほど記憶に刷り込まれたに違いない。

そのとき、きゅっと手を強く握られて、マリエはようやく意識のピントを合わせた。

「お姉様……、じゃ、ない……っ」

目を見開いたマリエのそばに、あのミハイルがこころもち不安そうな顔で椅子に腰掛けていた。手を握っていたのは、彼だったのだ。

これは夢じゃない。現実だ。

「マリエ、……目が覚めた？」

「あ、あの、私……どうした、のでしょう……？」

王宮にいたはずなのに、いまはこぢんまりした部屋のベッドに、マリエは寝かされていた。ゆっくり起き上がるのを、ミハイルが支えてくれる。

そして、マリエの手をずっと握っていたことを思い出したのか、ふと顔を赤らめてそっと離す。

その照れた様子を見守り、ふと胸が温かくなる。

まったくわからないことばかりだが、ミハイルは、いいひとだ。きっと。

「驚かせてすまなかった。きみは、広間で気を失ってしまったんだ。……母上がきみにドレスを依頼したから、重荷に感じたのかな」

「あ……あれ、夢ではなかったのですね。それに、ミハイル様……この間シュトレン・ドレスに来てくださったのは、あなた──ですよね？」

「……うん、身元を明かさなくてごめん。大事にはしたくなかったし、きみにも緊張して欲しくなかった、から」

　ぽつぽつと語るミハイルに、知らず知らずのうちに微笑んでしまう。

「ミハイル様が第二王子殿下だったのですね。ほんとうに申し訳ありません。恐れ多くも気づかなくて、大変失礼いたしました」

「いいんだよ。そのほうが……気が楽」

　ミハイルはちいさく笑い、ベッドサイドテーブルに置かれた水差しから水を大ぶりのグラスに注ぎ、「飲む？」と手渡してくる。ありがたく受け取り、ひと息に半分ほど飲み干した。

「……っ、美味しい……」

　冷たい水を飲むと、意識がはっきりしてくる。

　ふぅ、とひと息吐いて、マリエはあらためてミハイルを見つめた。まだ恐れ多くて視線を絡めるのは勇気が要るが。

「なぜ、あの朝ミハイル様はうちにいらっしゃったのですか？　王妃様のご命令だったのでしょうか」

「それは……」

ますます恥ずかしそうにうつむくミハイルだが、その手に握っていたハンカチを丁寧に折り畳むと、毛布がかかったマリエの膝に置く。

「ハンカチ、どうもありがとう。母上がこれを見て、きみにドレス製作を依頼したいと言い出したんだ。僕からも……お願いしたい。マリエ、しばらくの間この城に住み込んで、ドレスを作ってもらえない、だろうか」

「私が、ここに？」

今日はあと何度驚けばいいのだろう。

いろいろと追いつかなくて声を上擦らせるマリエに、ミハイルは「うん」と頷く。

「『シュトレン・ドレス』とここを行き来するのは大変だろうと思う。距離があるから。……城にいる間は、よいもてなしをすると約束するよ。それに、ドレスが無事でき上がったら、報酬も弾む。それから……それ、から……」

「……それから？」

声を途切れさせたミハイルをおそるおそる窺《うかが》う。

「僕は、……きみ、と……」

ちいさなちいさな声に耳を澄ませた。

「ミハイル様？」

「――いや、いまは、まだいい。きみだっていっぺんにいろんなことを言われて混乱しているだろうし。……とにかく、今日は城で過ごして。明日、シュトレン・ドレスまで馬を出すよ」

「はい、わかりました。あの、このお部屋は……」

やっとそこで室内を見回した。広間に比べたら圧倒的に狭いが、暖かな紺色のカーテンや絨毯にほっとする。

「ここは、東の塔だよ。うちの従者や侍女たちが住まう場所なんだ。……この部屋は、きみの部屋」

「私の部屋……」

「城に住んでもらえるのだったら、気持ちよく過ごしてもらいたくて……あ、このカーテンと絨毯は……僕が選んだ。きみの赤い髪によく映えるかなと思って」

紺はいちばん好きな色だ。ミハイルの気遣いが素直に嬉しい。

「大好きな色です。ありがとうございます、ミハイル様」

笑みをこぼすと、ミハイルはまぶしそうな顔だ。

「きみのための侍女を用意したんだ。……よかったら、使って」

「そんな、私のことは私が……」

します、と言いかけたのだが、ミハイルが透き通るようなアメジストの瞳でじっと見つめてくるものだから、口ごもってしまう。

「きみは大切なお客様なんだ。気持ちよく過ごしてもらえたら……と思って」

「……お世話になります」

「僕は一度自分の部屋に戻るけど、なにかあったらすぐ呼んで。……なにもなくても」

「はい、ミハイル様」

まだ混乱しているが、ミハイルの気持ちは受け取りたい。笑顔で頷くと、彼は立ち去った。

ひとりきりになり、マリエは深く息を吐く。

さて、とんでもないことになった。

明日には一度お店に戻れるから、店長たちにはそのとき事情を話すとして、今夜はどうしよう。慣れない城の中を勝手に歩き回るわけにもいかないけれど。

マリエは陽が射し込むほうを見て、ふと石造りの窓枠に手をかけた。扉は開いていて、外の景色が一望できる。

窓の外には、豊かな緑が広がっていた。平原がずっと向こうまで続いている。ここからでは見えないほどの向こうに、きっと石壁があるのだろう。

「……王家って、すごい……」

ひとり呟いていると、扉をノックする音が聞こえる。

「はい！」

急いで返事をすると、小柄な少女が銀のワゴンを押しながら笑顔で入ってきた。

「初めてお目にかかります、マリエ様。身の回りのお世話をいたします、ルルと申します」

ルルは栗色《くりいろ》の髪を可愛らしく左右で三つ編みにし、耳の上で丸くなるようにピンで留めている。白い髪飾りが可憐《かれん》だし、濃いグレーのドレスがルルのちょっと幼い顔立ちに似合っている。

「あの、……私の、お世話ですか？」

「はい、ミハイル様より直々に仰せつかりました。なんでもご命令くださいね」

彼女が、ミハイルの言っていた侍女のようだ。自分のことは自分でこなしてきたから、なんだか戸惑ってしまう。

ルルにもその緊張が伝わったのだろう。くすりと笑った彼女は「お茶をお淹《い》れしましょうか？」と訊いてきた。

「あ、はい！　お願い、します」

「マリエ様、私はあなたの侍女です。敬語は使わなくてもよろしいのですよ」

「でも……」

お店にいたら、ルルのような品のある可愛らしい女性たちをお客として迎えるのだ。

素っ気ない対応はできないとベッドの端に腰掛けながら考えているところへ、香りのいいお茶が差し出される。

「わ、いい香り……」

「お隣の国、ハイトロアからの贈り物です。ミハイル様はこのお茶をとても気に入っていて、マリエ様にもぜひって」

「あの……ルルは、いくつ？」

「私ですか？　十七歳になりました」

「同い年！」

思わず腰を浮かして喜んでしまった。今朝、城に来て以来ずっとこころが張り詰めていたけれど、ルルの温かい微笑を見ていると落ち着く。

弾む気持ちを抑えきれずにそっとルルの手を握り、「私たち、同い年」とマリエは言う。

「だから、ふたりの間では堅苦しくしない。どう？」

マリエの親しみやすさが、ルルを微笑ませる。

「ふふっ、……わかった、マリエ。まずは、お茶をどうぞ」

「うん、いただきます」

ルルが丁寧に淹れてくれたお茶はとても美味しい。

かすかな空腹も感じるので、どうしようかなと思っていると、ルルが運んできたワゴンから覆いを取って、ケーキを取り出す。

「少しは食べられるかなと思って、いろいろ持ってきたの。これはチーズケーキ。うちの腕利きの料理番が作った特製よ。食べる？」

「食べる食べる。……はぁ、なんだか大変なことになっちゃったな……」

「マリエは、王妃様のドレスを作るためにお城に来たんですってね。すごい、私と同じ年なのにそんな大役を任されるなんて」

「うん……まだちゃんとしたお返事はしてないけど……」

「なぜ？　あの美しい王妃様のおそばに寄れるだけでも光栄よ。王妃様って美しいものには目がないの。毎日飾るお花だって庭師が厳選したものばかりだし、お料理だってそう。彩りがよくないと料理番を呼ぶぐらいよ」

「……もしかして、怖い方、なの？」

上目遣いになってしまうマリエに、ルルはにこりと笑う。

「ちょっとだけ。でも、ご自分の信念を全うする方だし、いまはご病気で伏せてらっしゃる王様のことも毎日愛情深くお世話してらっしゃる。私、こころから尊敬してるの」

花が開くような笑顔を見せてくれるルルと話していたら、緊張がゆるゆると解けていく。

「……ね、ルル。私たち出会ったばかりだけど、その、……もしよかったら、私とお友だちになってくれない？」

「マリエ、……うん！　喜んで！　私も同じ年のお友だちってなかなかできなかったからとても嬉《うれ》しい」

マリエは笑って頷く。ほっとひと息つき、ルルにも近くの椅子に座ってもらい、一緒にティータイムを楽しむことにした。

「ルルはどうしてお城の侍女になったの？」

「私の父さんと母さんがもともとお城仕えの人間なの。父さんは国王様の、母さんは王妃様のおそばに控えていて、娘の私も幼い頃からお城に出入りしてたの」

「そうなんだ、だったらエリートだね」

「エリートなんて。そんなことないない。これでも失敗だらけでほんと恥ずかしいんだから。この間も朝、王妃様を起こすお手伝いをしたとき、私、すぐそばで花瓶を割っちゃって、母さんにめちゃくちゃ怒られたんだ」

しょげたようにこぼすルルに好感が募る。

「ふふっ、そんなことがあったんだ。王妃様は？　なんて？」

「無言で私のことじいっと見つめていらっしゃるだけ。それで私、もう泣きそうになって……必死に謝ったら、『今日のお茶のときのクッキーは抜きです』って、それだけ。王妃様ってちょっと近寄りがたいけど、ほんとうはおやさしい方なのよ」

「王妃様かぁ……」

貴族の方ならパレードでたくさん見かけたけれど、本物の王家の方に誂《あつら》える服といったら、どんなものがいいのだろう。フリルをたっぷり使うのも素敵だけれど、鋭い美貌の王妃様にはもっと違う装飾のほうがいい。

「マリエは？　どんなご家庭なの？」

「私は……父さんも母さんももういないの。私が七つのときに火事でふたりとも亡くなって

「……」

「あ……ごめんなさい、立ち入ったことを聞いてしまって」

申し訳なさそうにするルルに、「ううん」とマリエは明るく振る舞う。

「いまはね、お店の店長さんやお姉さんたちがいるから平気。店長のイライザさん、そういえばどことなく王妃様に雰囲気が似てるかも。威厳があって、品がよくて」

「スタイルもいいし、黒髪も素敵よね。ミハイル様の美しい黒髪は王妃様に似たんだと思うわ。ヨハン様は金髪で、国王様譲りかな」

「ヨハン様？」

首を傾《かし》げると、「ミハイル様のお兄様。第一王子よ」と教えられて、そういえばと頷く。

「ごめんなさい。私、王家にあまり詳しくないのだけど、そういえば確か五年前にも王家の祝賀パレードがあったわ。あれって、ヨハン様の二十歳を祝うためだったかな」

「きっとそう。ミハイル様はもちろんだけど、ヨハン様はいずれこの国を継ぐ第一王子だから、盛大なパレードだったわよね。朝から夜までずっと花火を打ち上げて、いたるところでお祭りになっていて。……でも、私、王子様はミハイル様のほうがいいかな……」

言葉の最後をちいさくするルルに、マリエは「どうして？」と問う。

「ヨハン様は……少し、いえ、かなり、……乱暴な方だし」

「ミハイル様とは全然似てないのね。ミハイル様って、王子様にしてはほんとうにおやさしくて、びっくりしたもの」

「そうなの。私みたいな侍女にもお声をかけてくださるけど、ヨハン様は……隙あらば、身体に触れてこようとするの」

「え、……大丈夫、なの？」

とんでもない言葉に目を瞠《みは》ると、ルルは安心させるように笑いかけてくる。

「女性好きな方なのよ。正室も側室もいらっしゃるんだけど、満足できないみたい。お城の中でも、ヨハン様の誘いを拒めない侍女が何人かいて……あ、この話、絶対に内緒よ？　王妃様には秘密にしてね」

「わかった。言わない。私たちの約束」

固く指切りをして、マリエはうん、と頷く。

内気でこころやさしいミハイル様。そしてその兄のヨハン様はとびきりの女性好きらしい。

城に住み込みになれば、きっと顔を合わせることにもなるだろう。

もろもろの事情を怖がって尻込みするのは簡単だけれど、これほどの名誉を断るのももったいないと本音の自分もいる。

それに、先ほど謁見した王妃に似合う一枚をこの手で仕立ててみたいという願いが、少しずつ胸の中で育ち始めている。

同じ女性と言うにはあまりに遠いひとだけれど、憧れの方に近づけるなら、頑張りたい。

「……ルル、私、頑張ってみようと思う。王妃様にお気に召していただけるようなドレス作り、やってみたい」

「あなたならできる、絶対に。マリエが作ったドレス、私も着てみたいな」

「じゃあ、王妃様のドレスが終わったら、次はルルね」

「嬉しい！」

気さくに話せるルルがいてくれてよかった。これなら、慣れない王宮暮らしもなんとかなりそうだ。

三か月の間、城に住み込み、王妃のドレスを作る。

マリエは翌日正式に依頼を受け、しばらくの間王宮に住むために身の回りのものをまとめるため、大急ぎで店に戻った。

シュトレン・ドレスでは、イライザがいつになく緊張した顔で待っていた。きっと、昨日マリエが城に向かったあと、気が気ではなかったのだろう。

「店長、私、王妃様のドレスを作るように命じられました……！」

マリエが言うなり、イライザとお姉さんたちは一様に口をぽかんと開いた。

じつはこの間、朝早く店に男性が訪れたこと。そのひとがなんと第二王子のミハイルで、彼にうっかり水をかけてしまったマリエは慌てて世話をし、帰り際に手製の刺繍を施したハンカチを渡したこと。それを王妃がごらんになって、ドレス製作を依頼してきたということ——

連の事情を話す間、イライザたちはただただ驚いていた。

それはもう予測していた通りだったから、信じてもらうために、ルルから借りた布製のバッグから木綿の小袋を取り出す。

「これ、支度金としていただきました。……金貨が五十枚も入っています」

「マリエ、その話は、……ほんとうなのね？　ほんとうにあなたが王妃様の……」

黒のシンプルなドレスに身を包んだイライザが眼鏡を押し上げながら言う。冷静沈着なイライザにしては、かすかに震えた声だ。

どんなことにも動じないひとだだと思っていたけれど、やはり、王家直接の命に彼女も驚いているのだろう。

「ほんとうです。私がお役目を果たせるどうか不安ですけど……やってみます。店長、途中で迷うことがあったら、聞きに来てもいいですか？」

「もちろんよ。マリエ、こんな名誉なお役目を授かって私はとても嬉しいわ。でも、お城に三か月も住み込むなんて大丈夫？」

「頑張ってみます。毎週土曜日と日曜日はおやすみにしてくださるんですって。だから、ちょくちょくご報告に来ますね。」

「マリエ、しっかりおつとめを果たしてね。私たちも応援してるから」

「もしお城の食べものが合わないようならすぐに言うのよ。あなたの好物を作って届ける」

お姉さんたちにも口々に励まされ、マリエはしっかりと頷く。

「『シュトレン・ドレス』の名に恥じぬよう、働いてきます」

店長から借りることにした革のトランクに衣服や下着類を詰め込み、支度金はそっくりそのまま店に置いていくことにした。ほとんどのものはお城にあるので、ここから持っていくのは肌に馴染んだ服ばかりだ。動きやすくて、洗濯も簡単だ。

「私が持っていても使わないし。店長、お店のために使ってください」

「だめよマリエ。これはあなたに渡されたもの。私たちが使っていいものではないわ」

「でも、こんなお金、持ち歩かないし……」

五十枚の金貨があればなんでも買えそうな気がするけれど、いまのマリエは王妃様のドレスをどんなものにするかで頭がいっぱいだ。

「だったら、あなたが無事おつとめを果たして戻ってくるまで私が預かります。でも、これは支度金よ。あなたの身の回りのものを新調しなくていいの？」

「いいんです。私は昔から大切にしているものがあればそれで十分です」

笑顔のマリエはトランクをよいしょと持ち上げ、玄関まで運ぶ。それから、お姉さん、イライザと順番に固く抱き合った。

「頑張ってマリエ。いつもあなたのことを想ってる」

「……はい、店長。私も」

幼い頃から母親のように、ときに厳しく、ときにやさしく守ってくれたイライザがまとう気品あるパヒュームの香りを胸いっぱいに吸い込んで、マリエは熱くなる目元を彼女の胸に押し当てた。

二度と会えなくなるわけではないし、と互いに笑い合い、マリエは城から迎えに来てくれた馬車へと乗り込み、窓からみんなに手を振った。

「落ち着いたら、息抜きに来ます！　みんな、元気でね」

「マリエも！　ちゃんと食べて、ちゃんと寝るのよ」

「頑張ってマリエ！」

めいっぱい手を振り、みんなの姿が見えなくなるまで、マリエは窓から身を乗り出していた。

約三か月前、馬車に乗るミハイルたちに無邪気に手を振ったときには、まさか自分がこんな立場に置かれるなんて夢にも思わなかった。

運命というのはわからないものだ。

けれど、どこかで神様がきっと見守ってくれているはず。母さんたちを亡くしたときだって、イライザが助けてくれたではないか。

己を励ますこと小一時間もすると、丘の向こうにお城が見えてきた。

「お嬢さんは、これからお城に住むのかい？」

「はい！　よろしくお願いします」

マリエひとりなので、馬車は一頭立てだ。

御者台から聞こえてくる声にマリエは元気よく返事し、そうだと思いつく。

「もしも、繕いものがあったらいつでも言ってくださいね。ボタン付けでもかがり縫いでもなんでもやります」

「おお、そいつは助かるよ。お城にはなんでもそろっているが、みんな、裁縫は苦手でね。お嬢さんも息抜きがしたかったら厩舎《きゅうしゃ》においで。散歩ぐらいなら連れていってやるから」

嬉しいことを言ってくれる御者に礼を言っていると、もう城に着いた。

今日からマリエは城仕えになるので、裏門から入る。森の中は心地《ここち》好《よ》い静けさに包まれており、森林浴ができそうだ。

「ミハイル様が首を長くしてお待ちだよ。お行き」

「はい。あの……ミハイル様は、おやさしい……方？」

マリエが聞くと、ひげ面の御者はにこにこする。

「それはもう。私ら御者にまで声をかけてくださる。馬にもおやさしい。立派な王子様だよ」

「私、精一杯おつとめします」

革のトランクを持って東側の塔に回り、厚い樫《かし》の木でできた扉を開く。

マリエの私室は、塔のいちばんてっぺんだ。息を切らしながら長い階段を上っていると、

「マリエ？」と背後から声がかかった。

振り向くと、アメジストの瞳──もとい、ミハイルが踊り場にいる。

「ミハイル様！」

「もう来てくれたんだね。荷物、持つよ」

「あ、いえ、それは私が」

慌てたマリエからひょいっとトランクを持ち上げ、ミハイルは肩越しに「おいで」とやさしく微笑む。

「僕が……案内、するから」

「ありがとうございます」

王子様に荷物を持たせるなんて恐縮してしまう。けれど、御者の言うとおり、ミハイルはこころの広い人物のようだ。

昨日ひと晩泊まった部屋に入ると、綺麗にベッドメイキングされていた。

ライティングビューローの横にトランクを置いたミハイルは、あたりを見回している。

「……この部屋、どう？　きみが少しでもくつろげるといいんだけど」

「大満足です、ミハイル様。私にはもったいないぐらいのお部屋です。こんなに広いと落ち着かないぐらい」

マリエは照れたように笑って、窓を開ける。気持ちいい四月の風が入ってきて、ふたりの髪を揺らす。

「お店にいた頃はもっともっと狭い部屋で寝起きしてましたし。ミハイル様ならご存じですね」

「うん。……でも、あの部屋、居心地がよかった。……まるできみに包まれているみたいで……」

「……ミハイル様?」

語尾がちいさくなるミハイルの顔をのぞき込むと、ごほんと咳払《せきばら》いされる。

「な。なんでもない。え、っと、僕は……邪魔だろうから……」

「そんな」

帰りそうになるミハイルの腕を思わず掴んでしまった。驚いた顔が振り返ったので、マリエも赤くなってしまう。

王子を引き留めるなんて、はしたない真似《まね》をしてしまった。

「あの、せめてお茶だけでも飲んでいかれませんか?　いますぐ支度しますから」

「お茶……」

しばし迷っていたミハイルだが、やがて頷き、ちいさな丸テーブルにつく。

ほっとして、マリエは帽子やケープを脱いでとりあえず壁にかけ、階下の台所からお湯をもらってまた部屋に戻る。

ティーカップやケーキ皿は、戸棚の中にそろっていた。

黄色の花のティーカップがミハイル様のアメジストの瞳に映えそうだと思いながら、丁寧にお茶を淹れる。

戸棚にはバターサンドも入っていたので、お皿に盛り付ける。店にいた頃もお客様をもてすのが大好きだったので、こういうことは苦にならない。

「どうぞ」

「……あり、がとう」

向かい合わせに腰掛け、マリエもお茶を飲む。やっぱり美味しいお茶だ。

「この茶葉、お隣のハイトロア国のものだってルルから聞きました。私、こんなに美味しいお茶を飲むのは初めてです」

「……ハイトロアのお茶、好きなんだ。あちらに伺うとよくお土産に山ほど持たされるよ」

「ミハイル様のお仕事って、どんなものなんですか？」

さりげなく聞いてみると、ミハイルはお茶でくちびるを湿しながら言葉を探している。

「外交、かな。ほんとうは兄上のほうが外交手腕はあるんだけど、お忙しい身だから。頼りないだろうけど、僕があちこちの国に出かけて……スラシュアが友好的にやっていけるよう、なんとか尽くしてる。……僕みたいなのが外交なんて、似合わないよね」

自虐的なことを言うミハイルに目を瞠り、マリエは懸命に首を横に振る。

「ミハイル様のような誠実な方がいらしてくださったら、私、絶対に嬉しいです。ついていこうと思います。……あの、いまさらなんですけど、バケツの水をかけちゃってほんとうにごめんなさい……！」

言いたくてもなかなかチャンスがなかった。頭を深く下げると、くすりと笑う気配がし、頭をぽんと軽く叩かれた。

「顔を上げて、マリエ。……僕は、きみに会いたくて……あの店に行ったんだ」

「私に……なにかご用でもあったのでしょうか？」

王子が直接会いたいなんて。どきどきしてしまうマリエに、ミハイルは「あ」とか「う」とか言ったあと、「母上の――……命が、あったから」と低い声で言う。

「きみのハンカチにひと目惚《めぼ》れした母上がどうしてもドレスを任せたいと言うものだから……どんな子なんだろうと思って……」

「そうだったんですね」

頷くマリエだが、頭の片隅では、「ん？」と思う。

ハンカチは、ミハイルが髪を濡らしたあとに渡したのだから、まだ王妃はそのことを知らなかったのではないだろうか。

けれど、ドレスを作って欲しいと呼ばれたのは確かだ。

むむむ、と唸《うな》りたいところだが、王子の前では無理だ。

あとでよく考えようということにし、バターサンドをひと口。ふんわりと香ばしいバターがたっぷり挟み込まれていて、癖になりそうな味だ。

「私、ドレスってひとりでは縫ったことがないんです。いままでずっとお姉さんたちの手伝いをしてきただけで……。だから、王妃様の命はとても嬉しいのですけど、緊張します」

「母上は威厳があるからね。……でも、あまり気にしないで。きみはきみらしいセンスを見せてくれればいい。……たとえば、母上にはどんな色が似合うと思う？」

「紫がとてもお似合いになると思うので、一輪の大きな紫の薔薇のようなドレス……はいかがでしょう？　王妃様の美しさと気高さが感じ取れるような。裾はあまり引きずらず、王妃様のスタイルを生かしてもいいと思います。肩は少しふんわりとさせてオーガンジーで花のつぼみのような袖にして……ああ、艶やかな芍薬《しやくやく》もお似合いになりそうだな。わくわくしてきました」

「だったら、よかった。やっぱりきみは素敵なお針子さんだ」

いくぶんか固さが取れたミハイルが微笑する。

「きみが大変だったら……僕も手伝う、から」

「王子様が？　そんな、とんでもない、ミハイル様のお手を煩わせるなんて」

あわあわするマリエに、ミハイルはなんでもないといった顔だ。

「母上はああいうひとだから……お店のひとを助っ人《すけと》に呼ぶことはできないと思う。きみひとりの力を見せて欲しい、そう言うと思うんだ。だから、僕にも針仕事を教えて。……ボタン付けって、やったことないし」

目の前の品があるミハイルが針に糸を通そうとして苦戦している場面を想像して、ひとり微笑んでしまう。

「外交に出かけられるということは、どこかよその国にお泊まりになることも多いんですものね、きっと。お出かけ先でボタンが取れてしまったら大変だし……私にできることなら、なんでも」

「うん、マリエ」

ふたり顔を見合わせ、満たされているけれど、どこかぎこちない。

お茶を注ごうかどうしようかと迷っていると、カップを掴む手に、骨っぽい手がかぶさる。

はっと顔を上げれば、ミハイルがマリエの手の甲を捧《ささ》げ持《も》ち、覚悟を決めたかのようにそっとくちづけを落とす。

「ミハイル様……」

形のいいくちびるが手から離れるまで、見入ってしまう。温かな感触は夢のようだ。

我に返ったミハイルが、視線を絡めてきた。

「ご、……ごめん、いきなり。挨拶、だから。きみが来てくれて嬉しいって、ただ……それだけだから」

「はい。私も……、嬉しいです」

たったいま、やさしいキスをされたばかりの手をもう片方の手で包み込む。

声が掠れている。なんだろう、この胸のときめきは。うるさいほどに心臓が鳴っていて、止められない。

水をひっかけてしまうという無礼を咎《とが》めるどころか、深く受け入れてもらえることが嬉しくてたまらない。

王家のひとに認めてもらえるような仕事ができれば。

「ひとまず、一週間はゆっくりしておいで。城に馴染む時間も大事だから。それと食事は……もしよかったら、僕と一緒に摂る？」

「いいのですか？　お邪魔になりませんか？」

一国民が王子と同じ卓についていいものかどうか戸惑うが、ミハイルは「うん」と頷く。

「朝食は母上たちと摂るんだけど、みんなそれぞれ公務があるから、夕食はばらばらなんだ。僕もずっとひとりで食べてきたから……きみと食べられたら嬉しい」

そんなことを言われたらほだされてしまう。店にいたときは、仕事が終わったあと、マリエの作る夕食を店長たちと食べ、一日のできごとをあれこれと話し合い、笑ったものだ。

けれど、ここは王宮。普通の家族が住んでいるわけではない。

しきたりも違うだろうし、たとえ家族だろうと話し方にも相応の品格が求められるのだろう。

どこか縋《すが》るような目つきをするミハイルに、マリエはにこっと笑った。

「私も、ひとりでごはんは寂しいですし。お嫌じゃなければおそばに置いてください」

「マリエ……」

一瞬、ぎゅっと強く手を掴まれた。そのまま引き寄せられるのではないかと思ったほどだ。ミハイルはひたむきに見つめてくる。

まるでマリエに特別な思いを抱いているかのように。

視線が、絡み合う。ミハイルの紫水晶のような瞳の前では繕うこともできず、そわそわしてしまう。

なにか言いたげなミハイルだったが、もう一度手の甲にキスをしてくれた。

「……なにがあっても、僕はきみの味方だよ。まずは、今夜の食事を一緒に摂ろう」

「はい。いつもミハイル様はどちらで食事をされるんですか?」

「母上や兄上たちとはダイニングルームで摂るけど、きみとだったら……僕の部屋に来る? ダイニングルームはふたりじゃ広すぎるから。ルルと一緒においで」

「はい! 楽しみにしてますね」

好もしく思っているミハイルとふたりきりで食事ができる。もちろん、従者がいて皿やカトラリーをサーブしてくれるだろうが、互いに気を遣わず話せる間柄のひとと一緒にいられるのは嬉しい。

その夜、マリエは六時半になった頃、ルルに連れられてミハイルの部屋を訪れた。

「わあ……こんなに広いお部屋なのね」

「そりゃ王子様だもの」

初めて入ったミハイルの部屋はこころが落ち着くような緑とブラウンでまとめられている。調度品もごてごてしておらず、やさしい感じがする。円卓にはすでにふたり分の食事が用意されていて、机でなにやら書類整理をしているミハイルがひと息ついて立ち上がった。

「……お待たせ、マリエ。お腹《なか》は空《す》かせてきた？」

「ぺこぺこです」

えへへ、と笑い、お腹を押さえる。

「今日は鶏肉《とりにく》のローストがメインだ。うちの料理番が作る料理は格別美味しいから……たくさん、食べて」

「もちろんです。遠慮なくいただいちゃいますね」

これからしばらく城に住むのだから、必要以上に怖《お》じ気《け》づかず、自分らしくありたい。

ルルともうひとりの従者は鶏肉を切り分けて皿に盛り付け、それぞれの前に置いてくれた。お皿の盛り付けも綺麗で、さすがは王家と感心してしまう。こういうことも、きっとみな勉強して覚えていくのだろう。

バゲットもふんわりしていて美味しいし、付け合わせの野菜たちはじんわりと甘い。

二度、お肉のお代わりをしたら、しあわせなほどの満腹感がやってくる。場所を移してソファに隣り合って座り、熱いコーヒーを楽しんだ。

「寝る前にコーヒーって、なんだか大人になった気分です」

「そう、だね。僕は毎日飲んでるけど……きみは？　たまにコーヒーだと、眠れなくなったりする？」

「ちょっとだけ夜更かししそうです」

他愛《たあい》ないことを話している時間が心地好い。

「……よかったら、食後の散歩でもしないか」

「いまからですか？」

「うん……庭をぐるっと一周。大丈夫、僕がいるから」

「もちろん喜んで、ミハイル様」

もっとミハイルと一緒にいたいと思っていたから、この誘いは嬉しい。

胸をときめかせながら、火の点《つ》いたろうそくを挿した燭台《しょくだい》を持つミハイルと一緒にお勝手口から出て、さやさやと夜風が吹く森を歩くことにした。あたりは闇だから、離れずにそばに寄り添う。

「……僕がハンカチを母上に見せたことで、きみは城にやってきたわけだけど、……ご家族はなにをしているの？　どんな、方？」

「やさしくて……愛情深いひとでした」

「……でした」

不思議そうに繰り返すミハイルに、「火事でふたりとも亡くなったんです。十年前」と付け足す。

あまり重くならないよう、笑いかけることもした。

「もうずっと前のことだし、いまは平気です。店長やお姉さんたちにも可愛がってもらってますし」

「マリエ……ごめん、ぶしつけなことを聞いて」

「ううん、いいんです。ミハイル様だったら……知っておいていただきたいから。母は手先が器用だったので、私、それを受け継いだのかもしれませんね。父は私のことをよく抱き締めて、頭を撫《な》でてくれました。私、それが大好きで」

ふたりはゆっくりと歩き、静かな四阿《あずまや》へと足を踏み入れる。

燭台を台座に置いたミハイルが木製のベンチに腰掛け、「それって……どういう感じ?」と聞いてくる。

「え?」

「抱き締められるのって……どういう感じなんだろう。恥ずかしながら、僕は経験がないんだ。母上は甘えたことがお嫌いな性格で、ずっと幼い頃にしか抱き締めてもらったことがない。父上は床に伏しているから……」

そうだ、ミハイルはどんなに恵まれていても、当たり前の愛情を知らずに育ったのだ。誰もが羨む立場にあるけれど、愛し愛される喜びは知らないのだろう。

マリエは考え抜いた末に、隣り合うミハイルにおずおずと手を伸ばし、そっと抱き締める。そして、その髪をやさしく撫でた。

「……こういう、感じです」

「……マリエ」

肩口にこつんと額を押し当ててくるミハイルは、なんだかちいさな子どもみたいだ。縋ってもらえるのが嬉しくて、背中も撫でる。

「ふふ、甘えん坊な王子様ですね」

「……きみの前では、……ひとりの男でいたい。王子ではなくて、ただの……ミハイルとして」

ミハイルがなにを言おうとしているのは測りかねていると、顎をつままれて持ち上げられる。その瞬間も、なにが起こるのかまったく想像がつかなかった。

かすかに開いたミハイルのくちびるが、静かに押し当てられた。

「……ぁっ、ん……」

熱くて、柔らかなキスに目眩がしてくる。

ただくちびるを押しつけあっているだけなのだが、そこから伝わる熱情はマリエを翻弄し、身体に火を点ける。

角度を変え、ミハイルは何度もキスしてきた。

そのうち、それだけでは飽き足らなくなったのか、頭を抱えて深く貪ってくる。

「ん――……」

「マリエ……マリエ」

突然のくちづけにくらくらしてしまう。ちろ、と舌先がのぞいてくちびるの表面を舐《な》められたときには、ぞくんと背筋がたわむほどの心地好さがあった。

――なに、これ。このキスは、なに？

ミハイルの情熱的なキスを受け止めるのに懸命で、他のことはなにも考えられない。ただ無心に彼の胸に縋り、少しずつ甘くなる吐息を漏らした。

「……マリエ」

ミハイルが顎を押し下げてくる。自然と開いたくちびるの中にぬるりと濡れた舌がぎこちなくもぐり込んできたときには、本気でびっくりした。

なのに、全然嫌ではない。

むしろ、じんじんと熱くなる身体をどうしていいかわからないぐらいだ。

ちゅく、くちゅりと舐《ねぶ》る音を立てるミハイルに、マリエもおずおずと応える。舌を擦り合わせるくちづけなんて生まれて初めてだから、うまくできているとは到底思えないけれど。

舌先をじわっと噛《か》まれると、身体の奥のほうにもやもやとした熱が溜《た》まって落ち着かない。

幼い頃、父さんや母さんにキスされたことはあったけれど、ミハイルのこれは違う。

親愛というにはあまりにまっすぐで、怖くなるほどの欲情が潜んでいる。

「っは……ぁ……」

「……ご、ごめん、マリエ……息、できた？」

「……はい」

ミハイルの胸に顔を押し当てて、なんとか頷《うなず》く。

「こんなキス……初めて、です……」

「……僕も」

「ほんとうですか？　ミハイル様だったら素敵なお姫様がたくさんいらっしゃるでしょうに」

「僕は……」

言いよどんで、ミハイルはマリエの首筋に軽く噛みつく。髪を三つ編みにして巻いているから、なめらかな首が剥《む》き出《だ》しになっているのだ。

歯を突き立てられることで、もやもやが一気に鋭い快感になって襲いかかってくる。

何度もやさしく噛まれて、恥ずかしい声が出てしまいそうだ。

「ミハイル……さま……っ」

ミハイルは首筋に噛み痕を残し、物足りなさそうにつつっと舌先でそこをなぞってくる。あ

あ、と甘いため息がこぼれた。

ふるふると頭を横に振るのだが、ほんとうはもっと、もっとなにかして欲しい。ミハイルに身体を擦りつけると、顎をつまんでいた手が離れ、慎重に胸にあてがわれた。

「っ、ん……！」

あまり大きくない胸が恥ずかしい。

ミハイルの手に余ってしまうのではないかと引け目を感じるけれど、首にかかる呼気は熱い。

「……マリエ、ここを……誰かに触らせたことは、ある？」

「あ、りませ、ん……」

まだ十七だし、恋人も持ったことがない。誰にも触らせたことがない身体だ。

息が上がる中でなんとか伝えると、ミハイルは嬉しそうに頬を擦りつけてきた。

「……マリエの胸、可愛い。僕の手にぴったりだ」

「でも……ちいさくありませんか？　私、もっと大きくなったらなっていつも思っていて……」

そう言うと、ミハイルは真面目な顔になる。

「……じゃ、……じゃあ、揉《も》んで、みようか。以前、兄上と話したときに……女性の胸は揉むと大きくなるって……聞いたことがあるんだ。……こういうふうに下からすくい上げるようにして……」

「あ、っ、ぁ、っや、んっ……」

弾む声が自分でも淫らだ。ミハイルはちいさな胸をドレスの上からやさしく掴み、軽く揉んでくる。

採寸するために身体に触れられたことなら何度もある。けれど、ミハイルのこれは違う。まるでマリエの胸を愛《いと》おしい果実のように手のひらで下から包み込み、指を食い込ませてくるのだ。

きゅ、きゅ、と緩急をつけて揉まれると、身体が熱い。

──なんなの、これ……熱い……どうしよう。

ドレスの下でも肌がしっとり汗ばんでいくのがわかる。ミハイルには知られたくない。

彼はただ、このちいさな胸を育てようとしてくれているだけだから。

「ミハイル、さま……ぁ……」

鼻にかかった甘い声が自分のものではないみたいだ。細身に見えても、抱きつくとミハイルの身体は引き締まっていることがわかる。

マリエのくちびるを、首筋を吸い、丸みを帯びた胸を飽きずに揉み込む。じんじんしてくるそこが、ほんとうに大きくなりそうだ。

きゅんと甘やかな疼《うず》きが奥のほうからこみ上げてきて、あともう少しいたずらされたらどうにかなってしまう。

「……っ、ミハイル様、……私、……胸が……」

「あ、……痛い？　やめ、ようか」

「ううん、……ううん、痛くないです……やめないで。でも、ほんとうに大きくなっちゃいそうで……」

「なっていいよ、マリエ。僕はこの胸も……大好きだ。見てみたいけど……最初から外は、だめだよね」

マリエを気遣ってくれているのだろう。ミハイルの言葉にほっとする反面、もう続きをしてもらえないのだと思うと寂しい。

「あ、あの、……ミハイル様、……もう、終わり……ですか？」

ミハイルの胸に両手を当てて見上げると、困ったような笑みが返ってくる。

「終わりにはしたくないけど……今日はもう遅いから。ね、マリエ、明日また、僕の部屋においで。……そのときは、ちゃんときみのここ、見ながら大きくしてあげるから」

「ほんとうですか？　嬉しい……私、いつも胸がちいさくて、ドレス映えしないなって悲しかったんです。でも、ミハイル様に大きくしてもらえるなら……」

どういうつもりで胸に触れるのかと聞くこともできたけれど、ただ抱き締め合っているだけでも嬉しいマリエにとっては、無粋な質問をする時間はもったいない。

「……明日も、ミハイル様のお部屋、行きますね」

「待ってる。少しずつでいいから、きみの全部……見せて」

顔を近づけて、ふたりは恥じらいながら笑う。胸の高鳴りは収まりそうにもない。

心地好い夜風が吹き、ふたりの髪をやさしく揺らしていった。

第四章

ミハイルは、執務室でマリエが来るのを待ちわびていた。さっきからハイトロア宛の手紙を書くために机に向かっているのだが、頭の中は昨夜のマリエの柔らかい身体のことでいっぱいだ。必死に理性を総動員させて手紙を書き上げ、やっとひと息ついているところへ、ドアを叩く音がする。

「マリエ？」

腰を浮かしかけると、部屋に入ってきたのは側近のカイザーだ。どこか可笑《おか》しそうな顔をしている。

「想《おも》いびとではなくて失礼しました、ミハイル様」

「きみか……びっくりした」

ため息をついてすとんと腰を下ろすミハイルが真剣に残念がっていることに、カイザーは笑みを隠せない。

もともと感情を面に出さないミハイルだが、マリエと出会ったことで変わったようだ。以前よりも雰囲気が柔らかくなった気がする。

「これからマリエは王妃様のおそばで、ドレスの相談をするそうですよ。ミハイル様も付き添ってはいかがですか？」

「僕が？　でも、邪魔にならないかな。マリエのそばにはいたいけど……母上はいい顔をしないかもしれないし」

「たまにはいいじゃありませんか。王妃様もお忙しいうえに、あまり感情を顔に出されない方。ここはミハイル様から歩み寄って、王妃様との距離を詰めてみるのもひとつですよ」

カイザーの言葉に、ミハイルは考え込む。

強引な兄上だったら口八丁手八丁で母上を丸め込もうとするだろうが、自分にはそんなことはできない。だが、マリエの手助けができたらどんなにいいだろう。

気難しい母上と過ごしてきた時間は息子である自分のほうが長いのだし、ついこの間、城に来て重責を担うことになったマリエの負担を少しでも軽くしてやりたい。

「……わかった。女性の話題に乗れるかどうかちょっと不安だけど、行くよ」

「承知いたしました。おふたりはお庭にテーブルと椅子を出していらっしゃいます。私が先に行って、もう一脚椅子を用意しておきましょう」

「ありがとう、カイザー」

カイザーが笑顔で出ていってから、ミハイルは急いで壁にかかる鏡に自分を映し、髪を整えてシャツの襟を正し、胸元のフリルを広げる。

王子たるもの、屋内で執務に従事するときもきちんとした格好が求められる。濃いグレーのトラウザーズを軽くはたいてベストの裾を指で引っ張り、ミハイルは緊張した面持ちで庭へ向かうことにした。

晴れた五月の空が気持ちいい。

深呼吸したところで、そうだ、と思いついてもう一度城内に戻る。折良く、ルルと出会えたので呼び止めた。

「ルル、……なにか美味しいお菓子はある?」

「はい!　ちょうど焼きたてのビスケットがあります。お部屋までお持ちしましょうか?」

「いや、皿に盛り付けるだけでいいんだ。……庭に持っていこうと思って」

「王妃様とマリエのところですね。わかりました。すぐにご用意します」

察しのいいルルはぱたぱたと立ち去ったかと思ったら、白い皿にナプキンで覆いをして持ってきてくれた。

「バターとミルクがたっぷり入った料理番ご自慢のビスケットです。ミハイル様、……マリエのこと、よろしくお願いします」

「うん。きみとマリエが仲よくてほっとしたよ」

「えへへ、同い年ってだけでも嬉しいです」

ルルが楽しそうに笑い、頭を下げて立ち去る。

ミハイルは皿を両手で持ち、今度はまっすぐ庭に向かう。

きらきらした陽の当たる庭の片隅に白いテーブルと椅子が三脚。

白いパラソルを差した母上と、その正面にはマリエが腰掛けている。そのほっそりした身体を見ると、自然と頬が熱くなってしまう。

——昨日、あの華奢《きやしゃ》な身体を抱き締めたんだ。

それだけではない。初めてのキスをし、胸に触れることもした。マリエは胸がちいさいことを気にしていたようだが、ミハイルにはまったく問題なかった。

形のいい胸だったし、なんといっても柔らかかった。服の上からでも丸みが伝わってきたのだから、じかに触れたらどんなに気持ちいいだろう。

あれこれと想像するととんでもないことになりそうだから、努めて顔を引き締め、「母上、マリエ」と声をかける。

「ミハイル。どうしましたか」

パラソルの陰から、母上が顔をのぞかせる。我が母ながら、美しいひとだ。

今日は艶《あで》やかな濃い青のドレスで、襟ぐりのカットがとくに綺麗だ。

病床にある父上を支え、兄上とともに国のゆくえを定めるかたわらで、自分を磨くことにも抜かりがない母上は素敵なひとだと息子としても誇らしい。

あまり笑顔を見せないので、いささか近寄りがたいが。

「焼きたてのビスケットをお持ちしました。……僕も、おふたりのそばにいてもいいですか？」

「いいけれど。そのかわり、おまえの意見も聞かせてもらうわ」

マリエの隣の椅子に腰掛けると、にこりと笑顔が向けられる。どこか照れたようなその瞳は、彼女も昨日のことを思い出しているからだろう。

三人分のお茶がすでに用意されていたので、さくさくしたビスケットを食べながらしばしお茶を楽しんだ。

「……ドレス作りは、進んでますか？」

「まだまだ序盤よ。マリエにはいろんなデザインを起こしてもらっているのだけど、なかなかこれというものがなくてね」

「申し訳ございません。頑張ります」

気丈に言うマリエの手元には、ノートが開かれていた。風に煽《あお》られて、ぱらぱらとページがめくれる。どのページにも、ドレスのデザイン画が描かれている。

「マリエ、私に似合う色はなにかしら」

「王妃様でしたら、やはり紫がお似合いだと思うのですが……もし、ちょっとだけ冒険を許していただけるなら、芍薬のような鮮やかなピンクはいかがでしょう？」

「ピンク？　小娘のようになりそうではない？」

「深みがあって、織りにも凝ったものであれば、王妃様の美貌をより引き立てると思います。裾はあまり長くせず、王妃様のスタイルを生かす形で……こう、花のつぼみがいまにも咲きそうなイメージで」

「花のつぼみ……」

母上はたおやかな指先でティーカップをつまみ、マリエをじっと見つめる。その次に、ミハイルに視線を合わせた。

「おまえはどう？　私にピンクが似合うと思って？」

「はい。夜会で見られる母上は威厳ある紫のイメージが大きいので、たまには……大輪の花のようなドレスもきっと素敵です」

お世辞ではなく、本心だ。慎重に言葉を選ぶミハイルに母上は浅く顎を引く。マリエの案に納得したようだ。

「では、まず濃いめのピンクで一着作りましょう。採寸もおまえができる？」

「できます。ただ、ノートに書き留める作業と王妃様に触れる仕事がありますので……もしよければ、ルルか、ミハイル様に手伝っていただければ」

「僕が？」

「ミハイルが？」

ミハイルと王妃が声をそろえて顔を見合わせる。

とたんに、王妃がおもしろそうな声を上げて笑い出した。

「我が息子の前でドレスを脱ぐというのは、赤子のとき以来でしょうね。ミハイル、おまえにその役目が務まって？」

「あの、いえ、……その」

王妃の子ではあるが、兄上ともども乳母に育てられたので、どぎまぎしてしまう。

真っ赤になるミハイルに王妃はなおも目を輝かせながら、ビスケットをつまむ。

「……そうね。ルルに手伝わせるのがいちばんでしょうが、ここはミハイルにやってもらいましょう。ミハイル、おまえも立派な男。女の素肌を見ても動じないように」

「ですが、いいのですか……？　王妃の素肌を見るなんて、不敬に当たるのでは」

「アンダードレスを着ているから大丈夫よ。では早速、部屋に行きましょう」

パラソルをくるりと回し、王妃が立ち上がる。

即断即決のひとなので、こうと決めたら行動が早い。急いでマリエとあとを追い、城内の王妃の私室へと足を踏み入れた。

王宮の奥にある王妃の私室は豪奢《ごうしゃ》極まりない。

カットの美しいシャンデリアが下がり、調度品を輝かせる。ふかふかした毛足の長い絨毯《じゅうたん》が敷かれ、窓からの採光も抜群だ。

王妃は部屋の奥にある扉を開け、「ここが私の衣装室よ」と抑えた声でマリエを誘う。

「わ……！」

マリエが驚くのも無理はない。

そこは完全にひとつの部屋で、王妃のためだけに誂えられたドレスや帽子、靴、アクセサリーが整然と陳列されている。

春夏秋冬と衣装室がさらに内部で分かれており、侍女はこの部屋から王妃の気分とその日の天候に合わせてドレスを運び出すのだ。

「すごい……こんなにもたくさんのドレスがあるんですね。美術館みたい……」

感心するマリエに、王妃はちいさく笑う。それからくるりとうしろを向き、ドレスの背中の編み上げ紐《ひも》を指す。普段は、侍女に手伝わせて着るのだ。

「ゆるめてちょうだい」

「は、母上」

さすがに着替え自体をのぞくのは気が引けるから、ミハイルは慌てて背中を向ける。

「そう恥ずかしがらなくてもよいのに。おまえは私から生まれたのでしょう」

くすくすと王妃が笑う。普段はめったに笑わないひとだから、こんなにもくつろいでいるのはめずらしい。裏表のない素直なマリエがそばにいるからかもしれない。

「ミハイル様、ノートに私の言うことを書き留めてくださいますか？」

「わかった」

それなら、うしろを向いていてもできる。アンダードレス姿になった王妃を、マリエは細かに採寸していく。首、手首や足首はもちろんのこと、バストやウエストも細かく。

マリエの挙げる数字をノートに正確に書き留め、時折ミハイルは室内のドレスを視界に映す。こんなにもたくさんのドレスがあっても、王妃は新しい一着を作ろうとしている。それは言わずもがな、スラシュアが豊かであることを自《おの》ずと示すためだ。

王妃はけっして見栄《みえ》を張るほうではない。逆に質素なところもあるぐらいで、寝室は大きなベッドとサイドテーブルだけの簡素なものだ。

一国の王妃として、彼女は精一杯を尽くしている。民の手本となるため、憧れの象徴であるために。

――素敵なドレスになるように。

そのためなら、マリエを手伝おう。縫いものはしたことがないが、教わってみたい。

採寸がようやく終わってドレスを元通りに着た王妃とマリエがにこやかに話していた。

「王妃様、ほんとうに素晴らしいスタイルです」

「おまえが店で見てきた中でも、いちばん？」

「いちばんです。ウエストなんて私の手で掴めるぐらいでした」

「それは褒めすぎよ、マリエ。悪い気はしないけれども。……そうね、今夜は私と一緒に食事をなさい。ミハイル、おまえもよ」

「私が同席してもよいのですか？」

緊張するマリエの肩を優しく抱き、「大丈夫、だよ」とミハイルは言う。

「母上はきみがお気に召したようだ。僕もいるから」

「料理番に腕をふるうよう言っておくから、いらっしゃい。少しでいいからドレスアップしてきて」

「はい。……でも、私、これ以外まともなドレスはなくて……」

グレーのドレスの胸元を押さえるマリエがいじらしい。なにか手助けできないだろうか。考えをめぐらせ、ミハイルはそうだと思いつく。

「……母上のドレスを貸してあげてはいかがですか？　こんなにもたくさんのドレスがあるのです。マリエに合う一着がきっとあるのでは」

「いえ、いえ、そんなことは。王妃様のドレスをお借りするなんて」

振り向いた王妃は鋭い目元でマリエを頭のてっぺんから足のつま先までざっと眺め、「――いいでしょう」と頷く。

「ただし、おまえが選ぶこと。ミハイル。そろそろおまえも女性のこころを掴《つか》んでもいいはず。マリエに似合うドレスを選びなさい。私は父上の様子を見てきます」

「あ、の、あの」

「かしこまりました、母上」

ふたりきりになると、マリエが傍目《はため》にもわかるほど慌てて可愛い。

男として自分を見て欲しいけれど、怖がらせるつもりはないから、「おいでマリエ」と手を差し伸べた。

「一緒に、ドレスを選ぼう」

「……はい」

頷くマリエがあとをついてくる。一緒に広々とした室内を見て回り、ミハイルはマリエに似合いそうな色が集まっている春の部屋の扉を開けた。

「わぁ……お花畑みたい……！」

ふんわりと花の香りがするのは、あちこちにサシェが置いてあるせいだろう。

王妃のドレスはさまざまな飾りがついているうえに布もたっぷり使っているので、ハンガーは特注だ。

「マリエには……この黄色のドレスはどうかな。明るくて、きみに似合う」

「ほんとうですか？　胸元、結構空いてる……で、でもこのぐらいなら大丈夫かな」

小声のマリエがそっと胸を押さえながら呟いている。女性のドレス選びなんて初めてだが、想いを寄せている相手なら特別楽しい。

「よいしょっと……」

　頑丈なハンガーにかかったドレスを手にし、マリエにあてがう。

「裾は少し長いようだけど、ヒールのある靴を選べば大丈夫かな。マリエ、ヒールはどう？」

「履いたことがないんですけど、頑張ります」

　意気込む彼女も可愛い。ヒナギクのような色合いのドレスはマリエも気に入ったようだ。胸元がオーガンジーで飾られていて、ふわりとしている。腰回りはペプラムで飾られ、実際に着たらマリエの細いウエストが強調されそうだ。

　その胸に目を留め、ミハイルは耳を熱くする。

「……マリエ、昨日の約束、覚えてる？」

「もちろんです。忘れるはず、……ないです」

　部屋に来たら、胸を大きくしてあげる。

　なんだか変なことを言ってしまったが、マリエは本気にしているようだ。

「じゃ、あの……ここでこのドレスに着替えて。……胸、揉んであげるから」

「ほんとうですか？　え、っと、じゃあ……脱ぎますね。ミハイル様、見ちゃだめです」

　両手で目を隠すように言われて、ミハイルはどきどきしながら目元を覆う。衣擦《きぬず》れの音がやけに大きく聞こえる。いままさに目の前でマリエがドレスを脱いでいるのだと思うと、頭の中が熱くなってしまう。

「あの……脱ぎ、ました」

「ほんとう⁉︎」

声が掠れてしまった。

見れば、マリエはちいさな胸を両手でなんとか隠し、ドロワーズ一枚というあられもない姿だ。女の子らしい柔らかな曲線に見とれ、ミハイルはつい手を伸ばしてしまう。

「あ……っ」

マリエの手首を掴んで引き寄せると、「だめです、見ちゃだめです」と恥ずかしがられた。彼女の嫌なことはしたくないから、うしろから抱き締めて、そっとその手を胸元から外す。

「……目、閉じてください」

「わかった。見ない」

約束してミハイルは目を閉じ、両手で丸っこい乳房を下からすくい上げる。柔らかくて、ふにふにしていて、極上のマシュマロみたいだ。

「っん、ア、……」

力を入れないように気をつけながら、ゆっくりと胸を揉む。手のひらにすっぽり収まるサイズのふくらみが可愛くて、どうにかなりそうだ。

「マリエ……柔らかい。すぐ大きくなりそうだ」

「……う、……ん、ほんとう、ですか……？　やん、あ、あ、そんな、つまんだら……っ」

乳房を揉みしだきながら、じりじりと乳首をよじり上げる。最初、芯のないちいさな粒だったのが、ミハイルの愛撫《あいぶ》で少しずつしこり、しまいにはピンと尖《とが》って上向きになっていく。

指を離しても根元からそそり立つ乳首がいやらしくて、吸いたい。

「マリエ……マリエ、ねえ、……ここ、吸わせて?」

「あう、……っん、——でも、でも、吸ったら……そこだけ、おっきくなっちゃう……」

「ちゃんと揉むから。いいよね? 吸ってもいいよね?」

ぐぐっと乳房を揉む手に少しだけ力を込め、マリエの身体をこちら側に向けた。とたんにくたくたと崩れ落ちる身体を抱き締め、ミハイルは床に座り込んでマリエを膝の間に引き寄せて抱き締める。

ようやく目を開けると、真っ白な肌が視界に飛び込んできた。陶磁器のようにきめ細やかで、噛みつきたいぐらいだ。

かぷ、と首筋を噛みながら胸を揉み、ちろちろと舌を這《は》わせていく。マリエの身体が小刻みに震え、必死に熱い昂《たか》ぶりを抑えているのが可愛い。

「マリエ、……おっぱい触られると感じちゃうんだね。可愛い……」

「や……ぁ……っあ、ん、あっ、っ、あつ、い……」

ふっくらと育った赤い乳首を口に含んだら、離せなくなってしまう。ちゅく、と軽く吸っただけで、マリエは身体を強くしならせた。

どうやら、乳首を弄《いじ》られるのは弱いらしい。

「気持ちいい……？　マリエ、おっぱい、気持ちいいの……？」

王子の綺麗な指で胸のふくらみを弄られるマリエは涙目だ。必死にこくこくと頷く彼女から、淫らな言葉を引き出してみたくなる。

手の中でマリエの乳房はいかようにも形を変えて、しっとりと汗ばみ、吸い付いてくる。

「言って、マリエ。僕におっぱいを吸われると気持ちいいって。……言わないなら、やめちゃうよ。大きくならないけど」

「いじ、わる……っ」

マリエがいやいやと頭を振るので、ミハイルはやさしく笑いかけた。

「マリエのここ、僕は好きだよ。こんなに気持ちよくて、いやらしい……僕に吸って欲しがってる」

「ん、ん……っミハイル、さま……」

指の痕がつきそうなほどに食い込ませると、マリエが気持ちよさそうに身をよじらせる。ドロワーズを穿《は》いたままだから、そっちも脱がしてあげたいけれど、いまは乳房に集中したい。

「マリエ、……教えて？」

「ん……っ……あ、……う……ミハイル様に……」

だんだんとちいさくなる声が聞きたくて、つい淫らに胸を揉んでしまう。

「私の……お、っぱい……吸って、欲しくて……」

「わかった。いっぱい吸ってあげるね」

許しを得たとばかりに、ミハイルは顔を傾けてマリエのちいさな胸に吸い付く。今度は本気で乳首を口の中で転がし、ねっとりと舌をあてがって吸い上げる。

いままで誰ともこんなことをしたことがないのに、どうして自分は愛撫の仕方を知っているのだろう。不思議だ。

マリエを前にすると、さまざまなことを経験したくなる。

「マリエのおっぱい、ほんとうに可愛い……僕の口の中でこりこりになってる」

「ん、ん、いわな、いで……っあう、は……ぁ……っ」

甘く伸びる声を聞きながら、両手で乳房を揉みしだく。手のひらの中でこね回し、乳首を人差し指で弾くと、マリエが、「ん……」と可愛い声を上げて縋ってきた。

もう、とろとろだ。

目元は潤み、くちびるが悩ましげに開いている。その中に濡れた赤い舌を見つけると、ミハイルはたまらずにキスしていた。

「っん、――ふ、……っぅ……っ」

マリエの舌は、特製の砂糖細工でできているかのように甘くて蕩《とろ》ける。

舌先をくねらせて搦《から》め捕り、じゅるっと啜《すす》り込むと、親指と人差し指で弄っている乳首が硬く尖る。

とくに、上顎を舌で擦られるといいみたいだ。

くぐもった声とともにマリエの身体が何度も震え、さっきよりも乳房が少しだけ大きくなった気がする。

「マリエ……ほら、見て。おっぱい、大きくなったよ」

「……あ……」

うつむくマリエが自分の乳房に目を落とす。

初めて男の指で育てられた乳首は可愛らしく上を向いていて、いま、ドレスを着たらツンと尖って目立ちそうだ。

「ドレスの上からでもわかるぐらい、大きくしてあげるね」

「……はい、ミハイル様」

「毎日、マリエのここ、吸わせて。絶対大きくしてあげるから」

「……お願い、します。あの、私……」

マリエがもじもじと身体を動かし、離れようとする。

「どうしたの」

「あの、……いえ、なんでもない、です」

なんでもないことはないだろうが、いまはもう少しマリエの胸を揉みたい。

十分すぎるほどに揉んで、吸っていたら、そこからなにかが滲《にじ》み出《だ》しそうだ。
ミハイルは身体の奥が熱くなるのを感じながら、マリエの乳房に吸い付いた。

第五章

「舞踏会、ですか？」

「うん。春祭りの前だからそう大きくないけど、きみをエスコートしたいんだ」

お茶の時間、マリエはミハイルとともに、庭の大木の下に丸テーブルを開き、向かい合わせに座っていた。あれからミハイルには毎日胸を揉んでもらっている。そのせいか、ときどきひどく疼いてしまって、自分でもどうしていいかわからない。

乳房を揉まれると、蕩けるような心地好さがある。そして、乳首を吸われると、もっと甘やかな快感に襲われてしまう。いまでも十分に淫らなことをしている自覚はあるのだが、もっと先に深みが待っていそうで、少し怖い。

ミハイルに、はしたない女だとは思われたくない。

だから、いつも胸を揉まれるときはできるかぎり冷静でいようとするのだけれど、熱っぽく吸われてしまうと声が掠れてしまう。

――もう、どうにかして、ミハイル様。

そう言いたくて仕方ない。ミハイルが抱き締めてくれればくれるほど嬉しさとつらさが募る。

ミハイルは、ただ物珍しいだけだ。

たまたま話が合って、手を出しやすいところにマリエがいただけのこと。きっと、マリエが王妃のドレスを縫い上げて城を出たら、忘れてしまうはずだ。

当たり前のことなのに、やっぱり寂しい。一国の王子を想ってもどうにもならないのに。

「でも私、場違いじゃありませんか?」

「大丈夫。母上も、きみを呼びたいと言っていた。……たくさんの女性のドレスを見て、研究するようにとね」

マリエは真面目な顔でお茶を飲む。王妃のドレス作成は、しょっぱなから難航していた。これまでの少ない経験ながらも知恵を振り絞り、デザイン画をいくつか起こしたのだが、口で言うのと実際に紙に起こしたものとではかなり差が出てしまい、王妃も易々《やすやす》とは納得しなかった。

『もっと独創的じゃないと、私が着る意味がないわね』

冷ややかに言い渡されたあと、マリエは途方に暮れて庭を散歩していた。そのときも、ミハイルが見つけてくれて、なにも言わずに付き添ってくれた。

——やさしくしないで。

そう言えたら、どんなにいいだろう。

ミハイルのやさしさは毒だ。自分が特別だと勘違いしてしまいそうになるから頭を冷やしたいのに、ミハイルが隣に立つともうだめだ。

少しずつ通じ合っていることで、たまにお腹が痛くなるほど笑ったり、肩をぶつけて歩くこともある。

王子になんて失礼な、と思うところもあるのだが、いまはそばにいたかった。

——想い出作り、したい。ミハイル様のことが、私は、好き。

「マリエ？」

ミハイルの整った顔を前に、マリエはあらためて自分の気持ちを見つめていた。

好きだ。

ミハイルのことが、好きなのだ。

たぶん、出会ったときからもう恋に落ちていた気がする。バケツの水を引っかけてしまったあの日から。

一国の王子が頭から水をぽたぽた垂らしているという大惨事に、けれどミハイルは一度だって怒らず、ただ困ったような顔で笑っていた。あの微笑《ほほえ》みに、こころを奪われたのだ。

だからお城にも来たのだし、毎日身体を寄り添わせてもいる。

男女が閨《ねや》でなにをするか、お姉さんたちの話を聞きかじっているから、漠然と知っている。きっと、胸を揉まれる以上のことがあるのだろう。

――ミハイル様に、私の初めて、もらってもらえたらな……。

恥ずかしいことを考えてひとり顔を赤くし、マリエは「舞踏会はいつですか?」と聞いてみた。

「三日後だよ。ドレスは母上から借りればいい。これから衣装室に行く?」

「そうですね。丈詰めが必要ならすぐに作業したいですし」

ミハイルとともに再び衣装室を訪れたマリエは、今度は真っ赤なポピーのようなドレスを選んだ。

王妃には前もって了承を得ているので、ドレスを部屋に持って帰り、丈詰めをしたい。

ミハイルがドレスを部屋に運んでくれた。

マリエは東の塔の殺風景な私室を気持ちのよい小部屋に変えていた。

ベッドには爽やかな黄色のカバーをかけ、クッションをぽんぽんと置いている。丸テーブルの横にトルソーを置き、いつでも王妃のドレスを縫えるように準備万端だ。

ドレスをふたりがかりでトルソーに着せたあとは、どちらからともなく手を繋いでベッドに腰掛けた。

ミハイルが触れたがっていることがわかると、嬉しくてたまらない。

もっと触って、もっとキスして、ミハイルのことを永遠に刻みつけて欲しい。

経験を積んでいたらしどけなくもたれかかってアピールできただろうが、マリエはまだ処女だ。ミハイルにぎこちなく寄り添うので精一杯で、キスされると身体が震えてしまう。

「ん……、ミハイル、様……」

毎日キスされることで、くちびるがだいぶ熱っぽくなった。

そこを軽く吸われると、身体の奥がじんと疼く。

「マリエ……今日も胸、揉んであげる」

「はい、お願いします」

気持ちよくて不安になる授業の始まりだ。

マリエはミハイルに背中のファスナーを下ろしてもらい、下着姿になる。

アンダードレスはコットンでできていて、裾のフリルが可愛らしい。

その下のドロワーズで守られた場所が熱く潤っている気がする。

ミハイルはマリエの胸をじっと見つめ、うしろから抱き込むようにして両側から中央に寄せるようにする。

自分で見ても、魅惑的なふくらみだ。

褒められるところはあまりないけれど、肌が綺麗でよかったと思う。

「前より、大きくなった……。これぐらいでも僕は大好きだけど、もっと大きくする？」

「はい……夏のドレスが似合うように、……ここ、大きくしたいです」

そんなの、ほんとうは言い訳だ。

ミハイルに触って欲しくてしょうがないから、彼が納得できるような言葉を探しているだけだ。

ふたつの柔らかな乳房をミハイルはじっくりと揉み込み、乳首を浮き立たせる。

もし、乳首というものがなくて、乳房しかないのだとしたら、あまりいやらしいふうには見えなかったと思う。

だが、目立つ尖りがあると、ミハイルの指を敏感に感じ取っていることがばれてしまうのだ。

「マリエのおっぱい、可愛い……吸っていい？」

「……はい、ミハイル様に、吸っていただきたいです」

アンダードレスの肩紐《かたひも》をするりと落とすと、ふくらみがあらわになる。

乳首は生意気に尖りきっていて、ミハイルの愛撫を待ち焦がれているようだ。

ミハイルが身体をずらし、横からちゅうっと乳首を吸い上げる。

最初からきつく吸われたことでマリエは声を上げてしまい、思わず彼の髪を掴んでいた。

「あ、……あ、……っん――は……ぁ……ミハイルさま……ぁ……」

乳首の先端をやんわりと噛まれて、悶《もだ》えてしまう。そこが気持ちいいと、なぜミハイルは知っているのだろう。

ミハイルの口の中で転がされる乳首は硬くこりこりとしている。美味《おい》しそうに乳首をしゃぶるミハイルの顔が間近にあると思うと、落ち着かない。

もっと、引き寄せてしまいたくなる。

「……ミハイル様、私のここ……お好き、なんですか？」

「どうしてわかるの？」

「いつも、……熱心に吸ってらっしゃるから……」

「大好きだよ、マリエ」

まっすぐな言葉が、胸の中に射《さ》し込《こ》んでくる。その力強さにくらくらしそうだ。

「マリエのおっぱい、形がよくて、柔らかで、癖になってしまう。……ほんとうになにか出ないかな」

ミハイルのあまりに真剣な声に、蕩けるような快感の中で思わず笑ってしまった。

「……出ません。……でも、ミハイル様だったら、いいかも……」

「僕の愛撫で大きくなったって自慢したいよ。……ああ、でも、男たちがきみに注目してしまうのは困るかな。そんなことになったら、きみをここから出さない」

それは、東の塔に閉じ込めてしまうということだろうか。口数が少なくて穏やかなミハイルだが、その愛撫は熱があって執心的だ。

もしも彼に閉じ込められたら、毎日胸を吸われるだけでは終わらないかもしれない。

アンダードレスもドロワーズも脱がされて、生まれたままの姿で組み敷かれたら。

ひと息に想像してしまって、マリエは頬を熱くしながらミハイルに寄りかかる。

「もっと、……もっと吸ってください、ミハイル様……私の胸は、あなただけのものです」

「うん、マリエ。もっと吸ってあげるね。……噛み痕もつけてしまおうかな」

言うなりミハイルがカリッと乳首を噛んできたので、マリエはびくっと身体を震わせた。

熱い火が、身体の真ん中を走り抜けていく。

こんな快感は味わったことがないから怖いけれど、ミハイルが求めてくれるなら嬉《うれ》しい。

「あ、……っや、ぁ……ん……噛んじゃ、……いや……」

「マリエ……マリエ」

ミハイルの手が少しだけ荒っぽくなる。

乳房をぎゅっと握って乳首を浮き立たせ、先端を強めに吸ったあとは、やさしく揉んでくれる。

そのたびに、びく、びく、と身体が跳ねるマリエは、激しい快感の波に呑み込まれそうで必死に堪えていた。

いまにも、声を上げて彼に倒れ込んでしまいそうだ。

「っ、お願い、ミハイル、様、もう、……もう……っ」

「もしかしてマリエ、……イきたいの?」

突然聞かれて、マリエは涙混じりの目を瞠った。

イく、とはどういうことなのだろう。

この身体の中のうねりのことだろうか。それとも、胸いっぱいのミハイルへの愛だろうか。どちらにしても口に出して聞けることではない。

懸命にミハイルにしがみつき、熱い肌を擦り寄せた。ほんとうにどうにかなってしまいそうで、怖い。

「私……おかしく、なっちゃいそうで……」

「怖い？」

こくんと頷くと、ミハイルがやさしく鼻の頭にくちづけてくれた。

「大丈夫、マリエ。……僕もこういうことは初めてだけど、快感の先に、我慢できないぐらいの絶頂……というのがあるらしい」

「それが、イく……ってことですか？」

「うん。本で読んだだけなんだけど。イくと、頭も身体もふわふわして、しばらくはその感覚に浸ってしまうぐらいなんだって。……僕の愛撫で、イける？　きみが乱れるところ、見てみたい」

「でも、……でも、恥ずかしいです。私だけ……」

もう何度も胸を弄られて切ない気持ちになっているけれど、ミハイルはどうなのだろう。乳房を揉むだけで満足しているのだろうか。

お姉さんたちの話では、男女は愛し合うものらしい。互いに、違う作りの身体に触れて高め合い、ぴたりと重なるところを探し合うのだとも聞いた。

「……ミハイル様は、いいんですか？　私ばっかり、……こんなになってしまって……」

「僕？」

問われて、ミハイルは驚いている。マリエがひたむきに見つめていると、その耳がだんだんと赤く染まっていく。

「僕は……その、きみの感じる顔が見たいだけで、僕自身は……」

ミハイルはそんなことを言うが、マリエはなんだか寂しい。確かに身体は熱くなるけれど、ほんとうは、ミハイルと一緒に昂ぶりたいのだ。ひとりで感じるのには、罪悪感がある。

だが、男性はどうすれば高まるのか。そこはお姉さんたちの話でも謎だった。そのへんはまだ若いマリエの前ですべきではないと思ったのか、お姉さんたちは声を落としていた。

――もっと聞いておけばよかった。いつか好きなひとができたときのために、勉強したいって。

「……私だけ感じるのは、少し寂しいです。……ミハイル様も、なにかしたら……感じてくださいますか？」

勇気を振り絞って訊《たず》ねると、ミハイルの顔がますます赤くなる。

「……たぶん」

「なら、教えてください。私、ミハイル様と……一緒がいいです」

マリエが意気込むと、ミハイルは慌てた顔で、「い、いまはまだ」と言う。

「まだ……僕はいいから、……きみのおっぱいをもっと触らせて。大きくしたいよね？」

そうだった。その途中だった。硬く尖った乳首をきゅうっと指でつままれてマリエは快感に再び浸り、ミハイルに身をゆだねる。

乳房を揉まれるたびに身体の奥が蕩けて、もっと強いなにかが欲しくなってしまう。

抱きついて、キスをして、熱を分け合っている以上の、なにか。

この衝動は、なんなのだろう。


夜ともなれば、マリエは知らず知らずのうちに火照る身体を堪えて、ひとり庭に出るのが慣習になった。

深夜一時。もう、みな眠っている頃だろう。ミハイルも。

「ミハイル様……」

マリエは熱いため息をついて、庭の四阿《あずまや》へと入り、ベンチに頼りなく腰掛ける。

以前、ふたりでここに来てキスを交わしたときのことを思い出すと、すぐにずくんと身体の奥が疼いてしまう。

「胸……触られてるだけなのに……」

ドレスの採寸をする際、そこに触れられることはしょっちゅうだ。小ぶりだが形のいいマリエの乳房を下から持ち上げ、ドレスから魅惑的なカーブが見えるようにお姉さんに工夫してもらったこともある。

しかし、ミハイルの触れ方は違う。熱心に、ときどき背筋がぞくりとなるほどに揉まれて、尖りを吸われる。散々愛された乳房は終始敏感になったようで、いまもドレスの下で硬く引き締まっている。

「……っ、」

そっと、ドレスの上から胸を押さえた。ずきずきするような物憂い疼《うず》きを孕《はら》んだ乳房を自分で揉んだらどうなるのだろう。

――どうにもならない。ミハイル様に触れられるのでなければ。

そうは思うものの、ミハイルへの想いを再確認すると、落ち着きを失ってしまう。

たくさんを求めたら、きっと悲しいことになる。だから、ミハイルに求められるまま差し出したい。それこそが喜びなのだから。

マリエはろうそくの挿さった燭台《しょくだい》をかたわらにことりと置き、慎重に胸に手を這わせた。

「あ……」

もう、乳首が硬くなっている。

今日の昼間のミハイルにたっぷり吸ってもらって、余韻が抜けていないみたいだ。なんとか気をそらそうとドレス越しに胸を押さえるのだけど、ちょっとした感触が火種になってしまうようで、ますます乳首がじんとしてしまう。

「ミハイル……様」

こんなふうになってしまって、お城を出たあとはどうすればいいのだろう。ミハイルに初めてをもらってもらえたら、少しは落ち着いて割り切れるだろうか。

わからないことだらけ。

マリエはくちびるを噛み、ドレスの上から乳首のありかを指でゆっくり擦る。なだめようと思ったのだが、「ん、んん……」と甘やかな声が出てしまって自分でも驚く。

いけない。夜中とはいえ、誰が来るともわからない場所でいやらしい声を出すなんて。

そう思うのに、指でつまんだ乳首をくりくりしたくてたまらない。身体の奥のほうから熱があふれて、ドレスを濡らしてしまいそうだ。

「う、……ん……」

もじもじと腰を揺らし、マリエは身悶《みもだ》える。

ドロワーズで守られた秘所が、くちゅりと潤う。その初めての感覚にマリエはびくんと肩を震わせた。

「あ……」

そこが、お漏らししたみたいになっている。触らなくてもどろどろと熱い蜜があふれているのがわかって、マリエはさっと顔を青ざめさせて立ち上がった。

怖い。

この先どうなってしまうのか、わからない。

急いで燭台を持って部屋に戻ろうとするマリエだったが、向こうのほうからろうそくの灯《あか》りがちらちらと近づいてくることに気づき、頬を引きつらせた。

こんな夜更けに、誰だろう。お城の誰かであることは間違いない。

――姿を隠さなきゃ。

ふっとろうそくの火を吹き消し、マリエは急いで四阿《あずまや》を出てそばにある樫《かし》の木の陰に身をひそめた。

「……もう、王子様ったら……いけないひと」

「おまえの色気が悪い」

こちらに向かってくるのは、ひと組の男女。

女性のほうが「王子様」と口にしたことでマリエは耳をそばだてる。

もしかして、ミハイルだろうか。女性連れで来ているのだろうか。

早くここを立ち去ったほうがいいと理性が叫ぶのに、足が固まってしまったみたいで動かない。幸い、ふたり連れはこちらに気づいていないようで、楽しげに四阿に入っていく。

そうっと大木の陰から四阿をのぞき込んだマリエは、息を止めた。

男らしい顔立ち、逞《たくま》しい肢体。着飾っていなくても、彼が高貴なひとであることはその自信のある横顔からもわかる。

彼こそがミハイルの兄、ヨハンだと気づいたマリエはそれまで以上に息を潜めた。

ヨハンとは、まだ話したことがない。お城に来てようやくひと月が経《た》ち、やっといろんなことに慣れてきたけれど、普段話すのは、ルルや王妃、ミハイルだけだ。ヨハンのことは、以前、ミハイルと馬で散歩する機会があったときに、厩舎《きゅうしゃ》で見かけたのだ。

『あれが兄上だよ、マリエ』

どこか自嘲的な声音のミハイルに、マリエは目を瞠ったものだ。アメジストの瞳が美しいミハイルとはまるで正反対で、ヨハンはひどく男くさいひとに見えたが、そこに惹かれるひとも多いはずとまだ幼いマリエでもわかった。

『兄上は大変女性にもてるんだよ』

『そうなのですか……。でも私は、ミハイル様のおそばにいたいです』

素直に言うと、ミハイルは嬉しそうに髪をくしゃくしゃとかき回してくれた。

『マリエは僕の大切なひとだ。……兄上は危険だから、あまり近づかないようにね』

そう忠告もされたのだが、いまはどうしたらいいのだろう。

ろうそくの灯りを消してしまったから、あたりは暗闇だ。そのぶん、灯りのある四阿がよく見える。

ヨハンは女性を抱き締め、熱烈なキスを交わしているところだった。

「あっ、ん……」

成熟した大人の女性の艶めいた声に、頬が熱くなる。

もしかして、もしかしなくても、ヨハンは女性を抱こうとしているのだろうか。

——王子妃様……だろうか。

しかし、正室を真夜中の四阿で抱くだろうか。

確か、ヨハンには側室がふたりいると聞いている。だとしたら、そのどちらかなのかもしれないと考え込むマリエの耳に、女性のくすくすと笑う声が聞こえてくる
「ほんとうにいけない方……侍女に手を出すのは私で何人目ですの？」

「おまえが最後だよ。ああ……柔らかな乳房だ。俺を欲しがって熱くなっているじゃないか」

大変な睦言《むつごと》を聞いてしまった。

ヨハンの相手は奥方でも愛人でもない。さらに新しい愛人だ。侍女と聞いて真っ先にルルの顔が浮かんだが、聞こえてくるのはもう少し年かさの女性の切ない声だ。

だとしたら、ヨハンの周りにいる侍女だろうか。

とにもかくにも、ここにいてはいけない。燭台は木陰に置いて、なんとか夜目を凝らして逃げ出さなければ。

抜き足、差し足、忍び足。

マリエはドレスの裾をつまんでそっと立ち去ろうとした――のだが、ぱきり、と靴の裏で軽い音が響いて真っ青になった。

小枝を踏んづけたようだ。

「――誰だ？」

四阿から、はっとした空気が伝わってくる。

――いけない！

とっさに背の低いあじさいの木陰に飛び込んで身を丸めた。

がさりと葉を踏む音がすぐそこまで聞こえてきて、身体が震える。

「……どうなさったの、ヨハン様」

「いや、誰かがいたような……」

「気のせいでしょう。こんな夜中に出歩くなんて、私とあなただけですわ。ねえ、早く……早くいらして。私、待てません」

「そう急《せ》かすな」

急かす声にヨハンは苦笑いし、あたりを窺《うかが》うのをやめて四阿に戻っていったようだった。間を置かずして、甘い声が再び上がる。

熱中しているふたりなら、気づかれることもない。

マリエは今度こそ息を詰めながら、その場をあとにした。


王妃主催の夜会の日はあっという間にやってきた。

その日の夕方からマリエはルルに手伝ってもらって、夜会に出るための支度に勤《いそ》しんだ。

「お針子の身分で夜会に出るなんて、失礼じゃないかしら……」

「なに言ってるのマリエ。これも研究研究。王妃様の素晴らしいドレスを作るためにも、今夜たくさんの貴族様を見てこなくちゃ。私もお手伝いで給仕をしているから、困ったことがあったらいつでも呼んでね」

「うん、ルルがいてくれたら安心する」

東の塔の私室で、マリエは椅子に腰掛け、ルルに髪を編んでもらっていた。お姉さん気質《かたぎ》なルルとはすっかり気が合い、互いに仕事の合間を縫ってあれこれと話し合った。

女の子の話は尽きることがない。美味しいお菓子に色とりどりのドレス、城の中での出来事や、いま町でニュースになっていること。

そして、ミハイルのこと。

マリエが切ない想《おも》いを抱いていることを、ルルはいつの間にか気づいていた。

だって、あんまりにも熱っぽくミハイル様を見てるから。

ルルに言われたときには、顔から火が出そうだった。それほど、あからさまだっただろうか。

「このドレス、マリエにとっても似合ってる」

「ほんとう？　王妃様の衣装をお借りしたの。肩のところのリボンが可愛いなって」

「なんだか、ギフトボックスみたい。あなた自身が贈り物になった感じ、マリエ」

肩が剥《む》き出《だ》しになるドレスは左側で大きなリボン結びになっており、マリエの華奢《きゃしゃ》な身体をふんわりと彩っていた。普段、首元まで覆うドレスばかり着ているせいか、この形は少し落ち着かないのだが、鏡の中にはほんのりと上気した自分の顔が映っていて、そう悪くはない。

「ふふっ、マリエ、とっても綺麗よ。ミハイル様がくらくらしちゃう」

「だったらいいな……」

「自分からダンスに誘ったらどう？」

「で、できないそんなの……！　だって、私……ちゃんとしたダンスは習ったことがないし」

赤らむマリエに、ルルは楽しそうだ。

「花祭りでは、女性が男性にダンスを申し込むじゃない。あれの予行演習だと思ったらどう？」

ルルの言うとおり、六月の花祭りでは、しとやかな女性が勇気を出して男性をダンスに誘うのがしきたりだ。この日ばかりは女性も積極的になり、自分の恋人や夫、はたまた父親をダンスに誘う。もちろん、意中の相手を誘うこともできるので、愛の告白代わりになっている。

「ミハイル様だってマリエのことを可愛がっているじゃない。いつもおそばに置いていたいみたいだし」

「そう思う？　そんなふうに見える？」

必死になるマリエに、ルルは「うん」と頷き、いまにも噴き出しそうだ。

「そんなに焦らないで、マリエ。絶対大丈夫。私だって、だてに侍女をやってないんだから。ミハイル様は内気であまりお話にならない方だけど、城内ではすごく人気があるのよ。ヨハン様よりずっとおやさしいし、お綺麗だし。私もお話したことがあるけど、とても素敵なお声よね」

「だよね……絶対ライバルいそうだな……」

「でも、いまいちばん近くにいるのはマリエでしょう？」

励ますように肩を叩かれて、マリエはしゃんと背筋を伸ばす。

「ひとりで落ち込まないで。当たって砕けろって言葉、あるじゃない」

「うう、……そうね、やってみないとわからないよね」

マリエとルルは鏡の中で頷き合う。赤毛は綺麗に梳《す》かれて編み込まれ、すっきりとしたうなじが見える形だ。

ルルが、肩越しににこりと笑いかけてくる。

「マリエ、自信を持って。こんなに綺麗なレディを前にしたら、ミハイル様だって放っておかないはず。もしものときは私がひと晩中話を聞いてあげるから、思い切ってぶつかってきて」

「……うん、ルル、ありがとう。私、頑張ってみるね」

ドレス姿には少しふさわしくない握りこぶしを作り、マリエはしっかり頷《うなず》く。

そうだ。落ち込むなんて自分の柄ではない。シュトレン・ドレスにいたマリエは、顔はそこそこかもしれないけれど、明るくて気立てがよく、前向きな女の子だったではないか。

自分から明るさを取ったらなにも残らない。ここはひとつ、ルルの言葉に煽《あお》られたい。

どきどきする胸を押さえていると、部屋の扉がノックされた。

「はい！」

ルルが代わりに扉に向かい、「――あ」と息を呑む。

「ミハイル様……！」

「マリエを……迎えに来たんだ」

思ってもみない出迎えに、マリエも驚いてしまった。わざわざミハイル自ら東の塔にやってきてくれるなんて。

今夜のミハイルは青を基調としたジャケットに白いモールを提げ、パンツはすらりとした白を選んでいる。足の長さが際立つ色はスタイルのいいミハイルだからこそ似合う。

さやさやとドレスの裾を鳴らしながらミハイルの前に出ると、彼のほうも大きく目を瞠《みは》る。

「こんばんは、ミハイル様。お迎え、ありがとうございます」

「マリエ……」

ごくりと唾を飲むミハイルの声が掠れている。

「すごく……綺麗だ」

「ほんとうですか？　ルルに手伝ってもらって、髪も編み込んだんです。ほら」

凝視されるのがちょっと恥ずかしくてうしろを向くと、ミハイルがますます息を詰める。

「ミハイル様、いかがですか？　こんなマリエだったらエスコートしてみたくなりませんか」

「ル、ルル……！」

うふふと笑うルルに、ミハイルがぎこちなく笑う。

「エスコートどころか……どこかに閉じ込めてしまいたくなるほどに可愛い。くらくらしてしまうよ」

ルルが、ほらほら、と肘でつついてくるものだから、マリエはかあっと顔を赤らめる。

それからもう一度正面を向き、ミハイルにお辞儀をした。

「ミハイル様。今夜は……どうぞよろしくお願いします」

「うん。楽しい夜にしてあげる」

腕を差し出してくるミハイルにおずおずと掴まり、ルルを振り返った。

「行ってきます、ルル」

「行ってらっしゃい。またあとでね」

茶目《ちゃめ》っ気《け》たっぷりにウィンクするルルに笑いかけ、マリエはミハイルとともに部屋を出た。

今夜の舞踏会、なんだか素敵なことが起こりそうだ。

第六章

「わぁ……」

大広間に入るなり、マリエが感嘆したように声を上げる。彼女をエスコートしているミハイルにとっては見慣れた景色だが、国民はなかなか来られない場所だ。

シャンデリアはずっしりと垂れ下がり、まばゆい光を放っている。なめらかな床をすべるようにして歩く紳士淑女は王家とも深い繋《つな》がりがある貴族たちだ。花祭りの前の夜会なので、みな、わりとリラックスしている。

ただひとり、マリエをのぞいては。

ポピーの花のようなドレスを身に着けたマリエはほんとうに可憐で、人前に出したくないぐらいだ。ヒールのある靴を履いたマリエはおずおずとミハイルに腕を絡めてきて、「私……場違いじゃありませんか?」と小声で囁《ささや》いてくる。

「みんなが参加する花祭りならともかく、夜会なんて……」

「安心してマリエ。母上だってきみに参加して欲しくてこの夜会を開いたようなものだよ。とりあえず、なにか飲もうか。なにがいい？」

「じゃあ、オレンジジュースを」

まだ未成年だったなと微笑ましく思い、近くを通りかかった従者が掲げる銀盆からオレンジジュースの入ったグラスを取り上げる。ミハイル自身は、軽めのシャンパンを選んだ。

「乾杯、しよう。きみとの出会いに、僕は感謝してる。ありがとうマリエ」

「そんな。私こそとっても嬉しいです。だってミハイル様のこと……」

ひと息にそこまで言って、マリエは慌てて口をつぐむ。

なにが言いたかったのだろう。気になる。

「どうしたの？」

「なに？　マリエ、教えて」

「いまはまだ、内緒です」

そう言われると知りたくなるのが性だ。

言ってよ、内緒です、という甘いやり取りを交わしていると、着飾ったひとびとの向こうからどよめきが聞こえる。

ミハイルが背伸びをすると、笑顔のヨハンが広間に入ってきたところだった。そばには正室が控えていて、笑顔を見せている。

王妃主催の夜会なのだから兄上が来て当然なのだが、正面切ってマリエを会わせたくない。

女好きのミハイルにとって、純情なマリエは新鮮に映るはずだ。

——僕が守らないと。

ミハイルは盾のようにマリエの前に立ち塞がる。彼女もなにかを悟ったらしく、背中でじっとしてくれていた。

「——よう、ミハイル。おまえが夜会に出ているとはめずらしいな」

人垣をかき分けて、真っ白なジャケットに金モールがまばゆい正装のヨハンが立つ。

弟の立場から見ても、悔しいほどにいい男だ。

これで、中身ももう少しやさしいものだったら、次期国王として支えたいのだが。

「こんばんは、兄上。今日は奥方もご一緒なのですね。……変わらずにお美しいです」

「ミハイル、あなたも素敵よ。とくにそのアメジストの瞳。女性なら誰もがあなたの目に惹かれてしまうわ」

「おいおい、俺を前にして弟になびくのか？　まあ、それもおもしろいがな」

余裕に満ちた態度で笑う兄上だったが、ミハイルがひとりの女性を隠すようにして立っていることに気づき、左の眉を跳ね上げる。

「ミハイル、誰を隠しているんだ」

「え、……いえ、その、隠してなど」

「お嬢さん、出ておいで。次期国王の俺に挨拶してくれ」

そう言われたら、マリエとて黙っていることはできない。ミハイルがやきもきして見守る中、マリエはしっかりと顔を上げ、ヨハンの前に出た。

「初めてお目にかかります。王妃様のドレス作成を承ります、マリエ・フロイラインと申します」

ドレスの裾をつまんでお辞儀するマリエにじっと視線を注ぐ兄上の目に、きらりと輝きが灯《とも》る。

よくない兆候だ。兄上がこんな目をするのは、ひとときのアバンチュールを楽しみたいと考えているときだと、弟のミハイルは知っている。

奥方とは政略結婚だったし、ふたりの側室も、友好条約を結んでいる国の姫だ。

言わば、上流階級の箱入り娘ばかり相手にしてきたわけで、野に咲く花のように無防備で愛らしいマリエはヨハンの目にとびきり新鮮に映ったらしい。

「これはこれは……。ミハイル、なんだっていままで紹介してくれなかったんだ？」

「……母上の命でやってきたのですから、表に出すことはしなくてもよいかなと思いまして」

マリエをかばうためにいささか失礼なことを言っているが、マリエはぴたりとそばに寄り添っている。

ミハイルの胸の裡《うち》が伝わっているのだろう。そのことに内心ほっとし、ミハイルもむやみに怖《お》じ気《け》づかずに、昂然《こうぜん》と顔を上げる。

「そろそろダンスの時間ですよ、兄上。奥方と踊っては？」

だがヨハンは顎の下に指をあてがい、尊大な態度でマリエをじろじろと見つめている。遠慮のないその視線がマリエからドレスを剥《は》ぎ取《と》ってしまいそうだ。

兄上以外の男が同じことをしたら、いつになく激昂《げっこう》して胸ぐらを掴《つか》んでしまうだろう。

「ヨハン様」

ぎこちない空気を感じてか、奥方がヨハンをそれとなくうながす。細やかな気遣いができるひとで、助かった。

「……ダンスなんて飽き飽きだが、仕方がない。一曲だけだぞ。来い」

「ええ、ぜひ」

男っぽいリードに、奥方は惚《ほ》れ込《こ》んでいるようだ。深窓の姫君である彼女はひたむきにヨハンだけを愛し、世継ぎを生もうと懸命だ。いい育ちだからか、嫉妬心は持ち合わせていないようで、側室がふたりいても気にしていないらしい。

ヨハンの骨っぽい手が、奥方の細いウエストにかかる。やがて広間内にはロマンティックな音が流れ始め、ひとびとは笑顔で踊り始めた。

ひとまず危機が去って、ミハイルはため息をつく。マリエも同時に深く息を吐き出していたので、ふたりで目を合わせてくすりと笑った。

「私の態度、失礼じゃありませんでした？」

「僕が見習いたいほど気丈だったよ。マリエは度胸もあるんだね。僕はそういうところ、とても好きだよ」

「ミハイル様……」

マリエは微笑み、目元を潤ませる。

「……ね、ミハイル様。私にダンスを教えてくださいますか？」

「もちろん」

「嬉しい。……想い出にしたいんです」

声がちいさくなるマリエに耳をそばだてたが、彼女はにこっと笑うだけだ。

「踊ろう、マリエ。僕のステップに合わせて、ゆっくりね」

互いに手を握って、向き合う。スローな感じでステップを踏んでいるので、マリエもなんとか追いつけるようだ。

「……ん、……こう、かな？　あ、ごめんなさい。蹴っ飛ばしちゃった……！」

「大丈夫。もっと蹴っていいから、気にせずに好きなように踊って」

脛《すね》を蹴り飛ばされて正直痛いが、マリエの軽やかな身体を抱き締めて踊れるのは最高だ。

ヴァイオリンが明るい音を奏で、みな、楽しげにステップを刻む。

マリエは最初こそつまずいていたが、だんだんとコツを掴んだのか、いつしかなめらかに踊れるようになっていた。

「マリエ、上手だ。その調子」

「ふふっ、ミハイル様のおかげです」

くるりとターンしてマリエがふわりと抱きついてくる。その無邪気な微笑みにくらりと酩酊《めいてい》感を味わうミハイルは、ぐっと彼女の腰を引き寄せた。

「……マリエ。少し夜風を浴びない？」

「え？　あ、はい。そうですね。夢中になって踊ってたら暑くなっちゃいました」

ぱたぱたと手で風をあおぐマリエに、今度、美しい模様の入った扇を贈ってあげよう。そう決めて、ミハイルはマリエを人気のないバルコニーに連れ出す。

いったん外に出てしまうと、広間のざわめきは遠ざかり、月明かりだけがふたりを照らす。

上気した頬のマリエが気持ちよさそうに深呼吸している。

「ダンスって楽しいんですね。私、もっとうまくなりたいです」

「僕がいつでも相手になってあげるよ。……でも、いまは、僕を見てくれる？」

マリエの手を掴んでその指先にキスをすると、驚いたような瞳が向けられた。

そんな顔も愛おしくて、ミハイルは彼女を抱き寄せた。

とまどうくちびるに軽く触れただけで、マリエはとろんとした目をする。

「ミハイル様……」

もたれかかってくるマリエに我慢できず、ドレスの上から少し強めに乳房を揉みしだいた。

「ッぁ、……っ」

乳首を探り当てて指で弾《はじ》く。とたんに、びくりとのけぞるマリエを支えて、夢中で舌をくちびるの隙間にねじ込んだ。こうすれば、喘《あえ》ぎが漏れない。

「っん、……ふ……ぅ……っ」

懸命に息しているマリエの首筋が綺麗だ。

今日は髪を結い上げているので、なめらかなうなじも見えている。そこにも舌を這《は》わせたくて、ミハイルはマリエをうしろから抱き込み、バルコニーの柵に柔らかな身体を押しつけた。

「マリエ……綺麗だ」

白い肌が悩ましい。ほっそりした首に舌をつうっと這わせながら胸を揉んでいると、乳首が硬く尖《とが》ってくるのがわかる。最初の頃と比べたら、格段に感じやすくなった。

――僕だけのものだ。

もっとマリエが欲しい。もっと深く重なりたい。

ミハイルは肩越しに広間の様子を窺う。誰も、この不埒《ふらち》なふたりには気づいていないようだ。バルコニーの隅にいるし、灯りもここまでは届かない。薄ぼんやりした中でミハイルは決心してマリエのドレスをそろそろとたくし上げる。

「あ、っ、ミハイル様……？」

「大丈夫、マリエ。……僕に任せて」

「はい、……っぁん、そこ……」

マリエの声が切なく上擦る。ドロワーズの谷間に指をすべらせると、そこが熱く潤っているのが薄い生地越しにも伝わってくる。

見たい。触りたい。キスしたい。

欲望に任せてしまおうかと思ったが、さすがにここで裸にするわけにはいかないから、マリエの耳を噛みながら谷間を淫靡《いんび》に擦る。

「マリエ……どうしたの？　ここ、湿ってるよ」

「わ、……かりません、……っなんか、身体の奥から――来ちゃう……」

いまもしドロワーズを脱がしたら、ぐっしょりと濡れた秘所が見られるはずだ。

――そこに僕が挿《はい》ったら。

ふわりと熱が宿り、下肢がたちまち熱くなる。

「……今度、ここを直接触らせて？　マリエのドロワーズ、切れ込みを入れてしまいたいな。いつでも触れるように」

「ん、ン、……そんな……したら……ッやん、あ、あっ、擦っちゃ、だめ……っ」

可愛い声に後押しされて、ミハイルはぐっと腰を押しつけた。

硬い感触に、マリエが涙混じりの目をして肩越しに振り向く。ぼうっと色香に煙るその瞳が、ミハイルのこころを掴んで離さない。

確かに彼女は、自分だけの熱を感じているのだ。

たぶん、マリエも男に触れられるのはこれが初めてなのだろう。初々しい反応がそう教えてくれる。

「……マリエ、きみの初めて、僕が欲しいな」

「ほんとう、ですか？　……ミハイル様、もらってくださいます？」

囁くような声で言い、マリエは無意識に腰を揺らす。

それがダイレクトに下肢を刺激するものだから、ミハイルも擦りつけてしまう。ふたりを隔てている邪魔な布地がなければ、熱く湿る肌を感じられるのに。

「マリエ……マリエ、きみが欲しい」

呻《うめ》くミハイルはマリエの乳首を揉み、もう片方の手でドロワーズの谷間を擦る。じわっ、と湿ってくる感触がひどく淫らだ。マリエが愛撫《あいぶ》に応えてくれることがわかって嬉しい。

このまま、マリエをさらってしまおうか。夜会は盛況で、ふたりが抜け出したって気づかれない。

高鳴る鼓動そのままにマリエを抱き締め、髪に何度もくちづける。

もう、離したくない。先ほどのヨハンのどこか卑猥《ひわい》な目つきを思い出すと、よけいに胸が逸《はや》る。

――いまのうちに。

「……マリエ。ドレスはもう堪能した？」

「え……あ、……はい、たぶん」

この夜会は、マリエの知識を広げるためのものでもある。多くの女性のドレスを見てよりよいデザインを生むため。王妃の一着を誂《あつら》えるため。

目を凝らすと、広間では色とりどりのドレスが軽やかに踊っている。それをマリエも見つめ、ふいにこつんとミハイルの胸に頭を押し当ててきた。

「ミハイル様に……ついていきます」

「……わかった。じゃあ、こちらへ」

ミハイルは薄闇の中、マリエの手を引いてバルコニーの隅にある長い階段を下りていく。普段はめったに使わない階段だから、誰もいない。

夜会はこれからが本番だ。もしあとで王妃に「どこに行っていたの」と聞かれたら、夜の空気をふたりで吸っていたとでも言おう。

これまでは品行方正に、おとなしく王妃の言うことを聞いてきたミハイルだったが、今夜ばかりは大胆な気持ちが胸の中に生まれていた。

マリエを、愛している。

その想いは、夜空に光り輝く満月の助けを受けて胸の中を照らす。

柔らかで温かな身体が寄り添ってくるのを感じて、ミハイルは胸の裡にしっかりと根付いた想いを噛み締めた。

愛している。そうだ、マリエを愛しているのだ。

馬車の中で見かけたときから気になっていた彼女を追いかけて、町にまでひとり出向いた。バケツの水をひっかけられて驚いたけれど、なんだかそれも自分たちらしくて笑ってしまう。ごちそうしてもらった朝食は、なんと美味しかったことか。

それまでのミハイルは、ただ食べて、ただ寝て、ただ生きているだけだった。無味乾燥な毎日で、第二王子としての役目を全うすることにも自信がなかった。

だけど、いまは違う。

マリエをリードしていきたい。王子としての威厳はないかもしれないけれど、ひとりの男として。

今夜は客を迎えるために、あちこちに番兵が立っている。遠出はできない。厩舎に行けば、こんな時間なのになにをしているのかとさすがに番兵たちにも不審がられるだろう。ひっそり出かけるなら、夜よりも手薄な明け方にかぎる。

だったら、ここはいちばん安全な自分の部屋がいい。

ミハイルはマリエの背中を抱き締め、バルコニーを下りてぐるりと城の裏側から西の建物に回り、旧知の仲の門番がいる裏口から入った。

「彼女の気分が悪いようなんだ。少し部屋で休ませるから、なにかあったら呼んで」

「かしこまりました」

おとなしいミハイルだが、城内は結構味方がいる。ヨハンのように高圧的ではなく、普段からやさしくて穏やかな口調で話しかけるからだろう。この番兵も以前城を抜け出る際に手を貸してくれた人物だ。万が一、誰かがミハイルを訪ねてきても、「もうおやすみになったようですよ」とうまく取り計らってくれるだろう。

そう期待して、マリエを静かな廊下の最奥にある私室に招き入れた。私室と執務室は隣り合わせになっており、建物の三階部分の、ここよりもずっと採光のいい場所にヨハンの部屋がある。

だけど、今夜はそんなことは気にならない。マリエがいてくれるなら、他にはなにもいらない。

重い扉をぱたんと閉めると、マリエがほっとため息をつく。

「ごめんね、歩かせて」

「いいえ。……嬉しいんです、ミハイル様と一緒にいられて」

可愛いことを言うマリエが擦り寄りながら見上げてくる。

「私……ほんとうは、おそばにいられるような立場ではないのに……」

「マリエ……」

窓から射《さ》し込《こ》む月の光で、マリエの目元がきらきらと潤む。いますぐくちづけてしまいたいぐらい、たまらない。

　ぎゅっと細い身体をかき抱くと、マリエは一瞬驚いたようだが、すぐに両手を背中に回してくれた。

「……マリエ、きみが欲しくてしょうがないんだ。僕に、全部を預けてくれる？　嫌なことも、痛いことも絶対にしない。きみと溶け合いたいんだ」

「はい、……私も。ミハイル様と……」

　マリエは真っ赤になりながら言葉を紡ごうとするのだが、なかなか恥ずかしくてくちびるが動かないらしい。ぎこちなく背伸びして抱きついてきて、ミハイルのくちびるに、ちゅ、と甘く可愛いキスを残す。

　それだけでもう、ミハイルは天にも昇る心地だ。マリエ自身がキスしてくれたということは、彼女もその気になってくれているのだろう。

「ミハイル様……、私、……どうすればいいですか……？」

「ん、……僕も、考えてる。とりあえず、……ふたりでおふろに入る？」

「えっ、お、おふろ……というと、……裸になるんですよね」

「うん。嫌？」

　マリエは真っ赤になっているが、ちいさく頭を振る。

「嫌じゃないです……恥ずかしいけど」

「じゃ、おふろにお湯を溜《た》めてくるよ」

「あ……」

バスルームに向かいかけたミハイルのあとを、マリエが追いかけてくる。

「私もお手伝いします」

「いいよ、これぐらい自分で……」

できるよ、と言おうとしたのだが、はっと気づいた。王子として二十年生きてきて、一度もバスタブにお湯を溜めたことがないのだった。

いつも、側近のカイザーや侍女たちがすべてを調えてくれ、ミハイルはただ心地好《ここちよ》いバスタブに浸《つ》かり、出ればいいだけだった。

茫然《ぼうぜん》とするミハイルに、マリエはくすりと笑い、「お手伝いします」と言う。そんな彼女からは固さが少し取れて、自然だ。

なにかしていたほうが気が紛れるのだろう。

「僕にも教えて、マリエ」

「はい。じゃあ、まずバスタブに栓をしますね。そして、コックをひねって、お湯とお水を調節します。熱いので、気をつけてください」

猫足のバスタブにふたつついた蛇口から、とびきり熱い湯と冷たい水がほとばしる。これを調節して溜めればいいだけなのだが、なかなか難しい。

左をひねれば熱すぎるし、右をひねれば冷たくなってしまう。マリエに協力してもらってなんとかちょうどいい温度のお湯を出すことができた頃にはうっすらと背中が汗ばんでいた。

そういえば、まだ互いに服を着たままだ。ミハイルはいったん部屋に戻って藍色のジャケットを脱ぎ、華やかなフリルシャツも脱ぎ落とす。上半身裸になったところでマリエを振り向くと、目の合った彼女が頬を染めてぱっと背中を向ける。

そんな恥じらいが可愛いから、うしろからそっと抱き締めて、「……ファスナー、下ろしてもいい？」と聞いた。

「は、い」

白いうなじにくちづけながら、ファスナーを下ろしていく。

ぱさり、と足下に赤いドレスが輪になって落ちる。薄いアンダードレスの肩紐も落とし、勇気を出してドロワーズも脱がせてやった。

真っ白な桃のようなお尻が見えて、血圧が一気に上がりそうだ。思わずお尻の表面を撫でると、マリエがくすぐったそうな声を上げて抱きついてくる。

「……だめ、です、ここでは……ミハイル様とおふろに入りたいです」

「そうだね。じゃあ、先に入っていてくれる？」

はい、と頷いて、裸のマリエが小走りにバスルームに駆け込んでいく。すぐに、ぱしゃんと湯の跳ねる音がした。

ミハイルは慎重にベルトをゆるめ、スラックスと下着を脱ぐ。反応しきってしまっている雄芯は硬くなり始めていて、自分ではどうしようもない。マリエに嫌われないといいのだが。

ここで及び腰になっていたら男ではない。覚悟を決めてバスルームに入り、背中を向けてバスタブに浸かるマリエの背後に足を入れた。

「はぁ……」

温かなお湯にうっとりするマリエを膝の間に引き寄せ、抱き締める。マリエも素直に寄りかかってきたが、身体をぴったりくっつけると、「あ……」と声を漏らした。

「……ミハイル様、……なにか、硬いものが当たってます……」

「う、うん。……僕自身、なんだけど……嫌？」

湿った髪を指でかき上げながらマリエをのぞき込むと、潤んだ瞳のマリエがちいさくくちびるを開く。

「……もっと、くっつきたいです」

「僕も」

遠慮なく背後からぎゅっと抱き締めて、マリエの柔らかな身体を楽しんだ。お湯の中では乳房がふわりと浮いていて、乳首が見える。つん、と指先でつつくとマリエが笑う。

「ミハイル様……私の胸、お好きですよね」

「大好きだよ。触り心地がよくて、乳首はこりこりしていてすぐに吸いたくなる。なんでかな」

「なんででしょう……？」

うふふ、と笑うマリエはリラックスしているようで、屈託ない笑顔を見せてくれる。それがたまらなく胸を揺さぶるから、ミハイルはつい彼女の顎を指で掴んで引き寄せ、深くくちづけていた。

「っ、……ン……っぁ……」

舌の吸い方もずいぶんとうまくなった気がする。マリエもぎこちないながらも舌を絡めてくれて、とろりとした唾液を伝わせてくれる。

互いの唾液を混ぜ合わせてこくんと呑み込み、ぼうっとなったところでまたくちびるを押しつけ合う。

腫れぼったくなるまでくちびるを重ねていく中で、ミハイルは夢中になってふたつの乳房を揉み込んだ。

指の間からふにっと柔らかな媚肉がはみ出るのがいい。どうしてこんなに柔らかで素敵なものをドレスの下に隠しているのだろう。

他の女性の胸を目にしてもなんとも思わないどころか、意識もしていないのに、マリエ相手となるとまるで自制が利かない。

「マリエのおっぱい、……ふわふわだ」

「ミハイル様が揉んでくださるからです……。あのね、前よりも少し……大きくなったんですよ」

「ほんとうに？」

「最近、ドレスがきついんです。胸だけ……っぁ、ん、や、くりくりしちゃ……っ」

乳首をつねるようにすると、マリエがお湯の中で身体をしならせる。ぱしゃんと跳ねた湯がバスタブからあふれて、床を塗らしていく。

マリエがのけぞればのけぞるほど可愛いお尻を押しつけられてしまい、嫌でも反応してしまう。むくりと首をもたげる肉竿がマリエのお尻の狭間《はざま》を擦る。油断すると暴発しそうだ。

「マリエ……」

「あ……」

マリエをこっちに向かせて抱き締め、ミハイルはアメジストの瞳を欲情に煙らせて笑いかけた。

「……洗ってあげる」

「え、え？　……ん、ミハイル、……さま……っ」

マリエをバスタブの縁に座らせてうしろの壁に寄りかからせ、両足首を掴んで大きく開かせた。

まさか、そんな大胆な行動に出るとは思っていなかったのだろう。顔中真っ赤にするマリエが慌てて膝頭を閉じようとするが、ミハイルはその隙間に身体をすべり込ませ、彼女の秘所に顔を埋める。

「や……ぁ……っミハイル様、だめ、だめ……っ」

マリエの秘めた場所を初めて目にして、どくどくと心臓がうるさい。

恥毛は薄くて、ほとんど生えていないに等しい。そのせいで、ふっくらとした秘裂がはっきりと見え、中の媚肉も赤く潤んでいるのがわかる。

「……女の子は、こんなふうになってるんだね」

「見ちゃいや、……だめです、お願い……！」

「どうして？　マリエ、とても綺麗だよ。すごくいい匂いがする……」

こぼれ出す蜜に誘われるかのように、ミハイルは秘所を指でかき分け、埋もれている肉芽を指で探り当てることに真剣になった。

ちいさな粒はまだ主張しておらず、襞《ひだ》の中にあった。

「これが、クリトリスって言うんだよね。本で読んだ。ここを弄《いじ》られると女性は気持ちいいらしいんだけど……マリエ、どう？」

「あ、う、っん、……っな、んか、……や、や、へん、になっちゃ……っ……」

ぬるぬるするクリトリスを指の腹でやさしく転がした。愛撫を受けて、ちいさな肉芽はだんだんとしこってふくれ、くちびるでも挟めそうだ。

縦に割れた陰唇の下のほうから、とろとろとした愛蜜があふれ出している。それを指先に移して舐《な》め取り、マリエだけの魅惑的な味だとわかったとたん、本能を押さえつける鎖が勢いよくちぎれた。

「ごめん、マリエ——舐めさせて」

「っあ、……あぁっ！　や、んっ、——……っ、ん……っあぁぁっ、あん、っあ、っ」

太腿《ふともも》の内側をきつく掴んで、ミハイルは陰唇を尖らせた舌で上から下へと丁寧になぞる。

舌先でクリトリスをつついて啜《すす》り込むと、マリエがとうとう泣き声を上げた。

乳首はもちろん愛しているが、クリトリスの淫猥《いんわい》な丸みは我慢できないほど魅力的だ。

散々肉芽をちろちろと舌で弄って、嬲《なぶ》って、じゅくっと啜り舐めて、まだ満足できずに指で擦り上げながら、今度は蜜をこぼす小孔に舌先をにゅぐにゅぐと出し挿れする。

「あ——……っ」

そこへの刺激がマリエを啜《すす》り泣《な》かせ、ますます淫らなしずくをこぼしてしまう。マリエが感じている証拠だと思うと、嬉《うれ》しい。

「こんなちいさな孔に、僕が挿《はい》れるのかな……」

独り言のように呟き、ミハイルは熱に浮かされたかのように孔を舐め、中がどうなっているかが知りたくて、そっと指を挿し入れて拡《ひろ》げてみた。

たまらなくそそる匂いがする。濃い、蜜の匂い。マリエが昂《たか》ぶると、こんなにも甘くて淫らな香りを放つのだ。そのことを知っているのは自分だけだと思うと、胸が狂おしい。

早く溶け合ってしまいたいという焦りと、ゆっくり愛し合いたいという想いが胸の中でせめぎ合っている。

「ん、んんっ、見ちゃ、や……っはず、かし……」

マリエの身体がびくびくと震える。

隘路《あいろ》は蜜で濡れきっていて、狭いながらも柔軟性はありそうだ。肉襞がじわじわと指を食い締めてくるのが気持ちいい。

これが、女性の身体なのか。あまりに柔らかで、繊細で、力を込めたら壊してしまいそうだ。絶対にやさしくしたい。

窮屈な膣《ちつ》の奥に向かってどうにか指を挿し込んで少しずつ拡げていき、あふれ出た蜜は全部舐め取った。

マリエが与えてくれるものは全部身体の中に取り込んでしまいたい。

「……マリエ、……マリエ、この狭い孔に、僕を入れさせてくれる?」

「んっ、ん、……ぁ……っは、……」

過ぎた快感と衝撃にくらくらしているマリエの息が切れている。

もっと濡らしたい。もっといい声を引き出したい。せっかくの初めての夜なのだから、慌てたくない。

はやる自分を必死になだめ、ミハイルは乳首を弄りながらクリトリスを舌先で転がし、花びらをかき分けて蜜壺に指を送り込む。

ぐしゅぐしゅと蜜が絡みつきながら響く音は卑猥だ。自分のものを挿《い》れたら、もっと淫らな音を聞かせてくれるだろうか。

弄っているうちに、クリトリスがぷっくりと肥大して充血してくる。男を知ったばかりの初々しい反応にミハイルは微笑《ほほえ》み、べろりと下から上に向かって陰唇ごとクリトリスを大きく舐め上げて指を肉壺に激しく挿入する。

「ン――……っ、あ、や、あっ、あぁっ！」

びくん、と大きく身体を震わせたマリエが甘やかな声を上げる。そして、ぐったりと壁に身体をもたせかけた。

そのはっきりとした感じ方に、ミハイルは「……もしかして」と彼女の秘所から顔を上げた。

「マリエ、イった？」

「あ……」

はあはあと肩で息しているマリエの頬に涙がこぼれ落ちていて、なんとも可憐《かれん》だ。隠したいはずのところも隠せない無防備さに見とれてしまう。

「なんか……びくびくって、……大きな、波みたいなのが来て……私……わけが、わからなくて……」

「気持ちよかった?」

ミハイルがやさしく聞くと、マリエは羞恥に目を潤ませながら、「……はい」と頷いた。

「怖く、なっちゃうぐらい……気持ち、……いい、……です」

「よかった。ここの孔もきゅうきゅう締まってた。マリエのイく顔もっと見せて。いまはここを舐めていてあまり見られなかったから」

「……はい。でも、どうすればいいですか?」

「……ベッドで、僕がきみの中に挿《はい》ったら、見られるかな」

互いに顔を赤らめた。

ミハイルにとっても、マリエにとっても、これが初めてなのだ。

スマートにはできないかもしれないけれど、混じりけのない愛情だけはたっぷりある。

「ミハイル様……私、ミハイル様とひとつに……なりたいです」

普段は明るく気丈なマリエの瞳が色香に濃くなり、ミハイルを煽る。あきらかに少女から女性へと変化しているのだ。

彼女を抱き締めてバスタブから出て、大きなバスタオルで互いの身体を拭いながらキスを交わしていたときだった。

誰かが、バスルームの扉を辛抱強くノックしている。

その音を聞きつけて、ミハイルは顔を強張《こわば》らせた。

——コンコン。コンコン。

マリエにも聞こえたようで、たちまちその顔色が真っ青になっていく。

「大丈夫、僕が出るから。きみはここにいて」

マリエをバスタオルでくるんでカーテンで隠し、ミハイルはもう一枚のバスタオルを腰に巻き、苛々《いらいら》しながら荒っぽく扉に近づき、細く開けた。

せっかく愛し合おうとしていたのに、邪魔する奴《やつ》は誰だ。

温厚なミハイルにしては、めずらしく血の気が上がっていた。

扉の向こうには、側近のカイザーが立っていた。困惑した顔の彼に、「なに?」と噛みつくように言う。

「僕はもう休むつもりなんだけど」

「王妃様が捜していらっしゃいます」

「僕を?」

「マリエ嬢のほうです。ドレスについていい案が浮かんだから、すぐ来て欲しいと」

自分らしくもなく舌打ちしてしまった。

カイザーは気の毒そうな、それでいてどこかおもしろそうな目をしている。

バスルームにマリエを連れ込んでいるのを、ひそかに気づいているのだろう。だが、そのことを咎《とが》めるわけでもなく、王子が初めての恋に溺れていることを楽しげに、そして誇らしげに見守っているようだ。

「お早いお着替えを、ミハイル様。私のほうでうまく取りつくろいますから」

「……なんて言うつもり」

「人混みに疲れて少し休んでいたとでも伝えましょう。今夜は王妃様もご機嫌がよろしゅうございます。……ここで焦るよりは、また日を改めたほうが」

「……わかったよ。部屋の外で待っていて」

長年付き添ってくれたカイザーにはかなわないなと内心嘆息し、バスルームの扉を閉じてマリエが隠れるカーテンを開けた。

「マリエ、ほんとうにすまない。母上がきみを呼んでいるそうなんだ。ドレスのことで相談したいとか」

「……わかりました。すぐに参ります」

まだマリエの頬は赤らんでいるが、それでも気丈に振る舞う彼女が愛おしくて、ミハイルは両手を伸ばしぎゅっと細い身体を抱き締める。

「離したくない。僕だけのものにしたかったのに」

マリエも抱きついてきて、頬を擦り寄せてくる。

「……信じてくださいますか。私、もうミハイル様だけのものです」

「ほんとうに？」

「神様に誓って」

恥じらうマリエは頷く。それから急いで身体を拭き、ドレスをもう一度頭からかぶる。彼女の着替えを手伝い、部屋の外で待っていたカイザーの元へと送り出したあとは、気が抜けたようにソファに座り込んでしまった。

嵐のような、ひととき。

マリエの身体の感触が、まだ手に残っている。やさしいキスも、柔らかな胸も、蠱惑的《こわくてき》に濡れそぼる秘所の熱さだってまだ消えていないのに。

もやもやとした情欲が身体中に残っていて、どうにかなりそうだ。

「マリエ……」

その名を口にすると、下肢がむくりと首をもたげる。バスタオルを腰に巻いたままの姿で、ミハイルは少し情けない顔でタオルの端をめくる。

勃ったままのペニスに指を絡めると、熱い息がこぼれた。

「……マリ、エ……」

いままで、自慰はほとんどしたことがない。兄上とは違って、性欲が薄いのだと思っていた。とくに女性を抱きたいとも思わなかったし、夢精してしまったらそれはそれで仕方がないというぐらいだったのだが、いまはマリエのことで頭がいっぱいだ。

バスタオルを大きくめくって肉竿をゆっくり扱《しご》き、マリエとのキスを思い出す。可愛く乱れてくれたマリエの蜜をもう一度味わえたら。

そう考えただけでごくりと喉が鳴り、陰茎を扱く指も早くなる。くびれを締め付けて、根元から扱き上げる。

ほんとうはこれで、マリエの中に挿《はい》るつもりだった。今夜こそ。

一度抱いたら、朝が来ても離せないだろう。何度も何度も抱き直して、マリエの絶頂を見届けたら、彼女の中に強く強く射精してみたい。

マリエとだったら、子をもうけてもいいとさえ思っているから、中に出すことも自然と考えられた。

身分違いの恋を誰もが反対するだろうが、ミハイルはこの想《おも》いを貫くつもりだ。たとえ、王宮を追われることになってもマリエと添い遂げたい。

――次に、マリエを抱き締めることがあったら、そのときは絶対に離さない。

「……、ッ」

奥歯をぎゅっと噛みしめ、ミハイルは手の動きを速めてひと息に快楽のしずくをバスタオルの中に放った。

「っ、マリ、エ……」

あとからあとからあふれる精液は、彼女の中を満たすはずだったのに。

いま頃、マリエは王妃の元で美しいドレスの話を聞かされていることだろう。なのに、自分はこんなところで自慰に耽《ふけ》っている。

そのことがひどくむなしい。

「……閉じ込めてしまえたらな」

ミハイルは天井を仰いで呟《つぶや》く。

あの東の塔にマリエを閉じ込めてしまえたらどんなにいいだろう。

来る日も来る日もミハイルが抱いて啜り泣かせ、敏感に育った乳首を甘く吸って絶頂へと導き、マリエを本物の女へと育てることができたら。

仄暗《ほのぐら》い考えに、苦笑いしてしまう。思っていた以上に自分というのは執念深い。

ヨハンの目にも触れさせたくないし、他の男などもってのほかだ。

とにかく、いまは身体を清めて自分ももう一度広間に戻ろう。

マリエのそばにいたい。彼女の力になりたいのだ。

だが、ミハイルの純粋な想いを神様は嘲笑《あざわら》ったのか。思いがけない運命がふたりを待ち受けていたのだった。

第七章

広間に戻ったマリエは真面目な顔を意識し、玉座に座る王妃のそばに傅《かしず》いていた。

「ほら、あの緑のドレスの女性を見て。あんなふうに、腰の位置を思いきり高くして、うしろにボリュームを出すのはどうかしら」

「素敵だと思います。たとえば王妃様なら、クジャクの羽根を使ってふんわりと華やかにしてもよろしいんじゃないでしょうか。それから、おそろいの髪飾りも。王妃様はお肌が綺麗でいらっしゃるから、ドレスのうしろを大きく開けて、そこに髪飾りが垂れ落ちるようにしてもいいと思います」

広間で踊る貴族の女性を見つめながら言うと、豪奢《ごうしゃ》な扇で風をゆるく起こしていた王妃はふっと笑う。

「マリエ、あなたの美点は反応が早いところね。私の言いたいことがすぐわかるのかしら」

「いいえ、そんな。王妃様に着ていただけるドレスを考えていたら、いくつも案が浮かんでしまって……前にもご提案したように、とびきり薄いピンクの布地を重ねて、花のつぼみのようなデザインも絶対にお似合いになると思います。花の精のように」

「それはもっと若い娘が着るものじゃないかしら。私はヨハンとミハイルを産んだ女ですよ」

「王妃様はほんとうにお綺麗でいらっしゃいます。国民にとって、憧れの的です。とくに女性にとっては、王妃様は永遠に大切な方。そんな方の華やぐ姿が少しでも見られたら、こころ浮き立ってしまいます」

「……そう」

王妃は目を細め、なにごとか考え込んでいる様子だ。

失礼なことを言っただろうか。ですぎた発言、申し訳ございません、と言いかけたマリエに、王妃は扇を閉じ、もう一度広げ、ゆったりと動かす。

「……私はね、病床にある王に代わって国の行方について進言することも多くなったし、国民にとって手本のような立場にあると思っているの。私を見て、こんなふうに歩まねばと意識を引き締めるような、ね。……ただ、ずっとその姿勢を続けていると疲れるのも本音ね。誰もが私の一挙一動を気に懸けている。私は失敗できない、絶対に。――でも、そうね……せめて、花祭りの日ぐらいは、華やかにしてもいいのかしら……」

威厳ある王妃のこころに初めて触れられた気がして、マリエは一心に頷《うなず》く。遠い存在のお方とばかり思っていたけれど、ここまでおそばに来られたのだ。自分にできる精一杯を尽くして、王妃様のお役に立ちたい。こころの底からそう思う。

「王妃様の女性らしさ、私はぜひ拝見したいです。誰よりも美しくて、気高くて、お近づきになれたらと恋い焦がれてしまうほどのお姿になるはずです」

「私に恋い焦がれるの？　おまえも？」

くすくすと笑う王妃の柔らかい表情に、マリエも微笑む。ずっと年上のひとだけれど、なんだか親近感がわいてしまう。

――私も、こんな大人の女性になりたいな。

「王妃様は私の憧れです。ぜひおそばで、ドレスを縫わせてください」

「……わかったわ。では、マリエ。国民が私にひと目惚《めぼ》れしてしまうほどの明るい花のようなドレスを作ってちょうだい。いつもの紫のドレスよりもずっと魅力的にね」

「はい！」

よかった。勇気を出して進言してみて、ほっとした。

これで、明日から本格的にデザイン画が描ける。王妃のスタイルを生かして、素晴らしい一着を作り上げよう。

浮き立つマリエは一刻も早くこのことをミハイルに伝えたかった。ミハイルがいてくれたからこそ、この名誉な仕事を引き受けることができたのだ。

王妃に挨拶をして玉座を離れようとしたマリエだったが、ぐっとうしろから肩を掴まれて乱暴に振り向かされた。

「ミハイルさ……！」

てっきりミハイルだとばかり思っていたのに、背後にいつの間にか立っていたのは、兄のヨハンだ。精悍《せいかん》な面差しをした男の頬がうっすらと赤く染まっている。だいぶ、飲んでいるようだ。

「お目付役のミハイルはどこに行ったんだ」

「あの、……いまはたぶんお部屋でおやすみになっていらっしゃるかと。私、お声をかけてきますね」

大柄の男がなぜか怖くて、その場をすぐに離れようとしたのだが、ぐっと手首を掴まれて引き戻された。

「母上、話はもう終わりましたか？　彼女を少し借りたいのだがよろしいですか」

「構いませんよ。ダンスでもしていらっしゃい。マリエ、ヨハンはとてもダンスがうまい子なのよ」

切れ味のいい王妃だが、我が子には甘いようだ。マリエは引きずられるようにして玉座を下り、ヨハンの逞《たくま》しい腕に閉じ込められてしまう。

「ヨハン様、待ってください。奥様が……」

「あいつは先に休ませた。一曲ぐらいいいだろう。次期国王だぞ、俺は」

くくっと笑い、ヨハンが強引にステップを踏む。強めのターンでマリエは身体を浮かせ、弾みでよろけてヨハンの胸にすがってしまった。

「あ、あの、失礼しました……！」

離れようと思うのに、ヨハンはどこか飢えた目で見下ろしてくる。凶暴な感情を宿したその目に犯されそうで、ぞくりと身体が震える。

「……まだ若いな、おまえ。男を知らない目だ。初物食いは久しくやっていない。俺に抱かれるか、娘」

「わ、私は……」

慌てて周囲を見回すが、誰もこっちを見ておらず、ダンスに夢中だ。それに、相手は第一王子のヨハンだ。なにかしでかしても、余計な口を挟んで大事になるのも困ると目をそらしているのかもしれない。

──私は、ミハイル様のものなんだから。

持ち前の負けん気を呼び起こして、マリエは気丈にヨハンを睨《にら》み付《つ》ける。思いあまって、その脛を蹴っ飛ばそうかと思ったぐらいだ。

「私はつまらない町娘でございます。ヨハン様のお相手など到底……」

務まりません、と言おうとしたところで身体を抱き寄せられ、無理やりくちびるをふさがれた。

「……ッ……！」

「ふっ、うぶなくちびるだ。ここに俺のものを咥《くわ》えさせたいぐらいだ」

くちびるのラインを指でなぞられて、ぞっとするほどの嫌悪感がこみ上げる。次期国王だかなんだか知らないが、ここまでされて黙っていられるものか。ぎゅっとくちびるを噛んで思いきりヨハンの胸を突き飛ばそうとした矢先に、「――マリエ！」と声がかかった。

「……ミハイル様！」

息せき切ったミハイルが、マリエをヨハンから強引に引き離す。その肩章が乱れているのを見て、胸がきゅっと締め付けられる。きっと、あのあと急いで着替え、駆けつけてくれたのだ。

――やっぱり、私の王子様はミハイル様だけ。

ヨハンは舌打ちをし、弟を睨《ね》めつける。

「なんだミハイル。その目は。兄の俺にたてつく気か」

「兄上にはもうたくさんの女性がいるでしょう。彼女には触れないでください。マリエは――、僕のものです」

言い切ったミハイルにマリエは大きく目を瞠り、嬉しさのあまり広い胸に身体を擦りつけた。

「……僕が見つけた、大切なお針子です。兄上が使い捨てていい道具ではありません。では、失礼。マリエ、行こう」

「は、はい。失礼します」

ミハイルに手を掴まれ、マリエはドレスの裾を翻す。機嫌の悪そうなヨハンに周囲の者が懸命に盛り上げようと声をかけている。申し訳ないことをしたと思うのだが、貞操の危機だったのだ。ミハイルが来てくれなかったら、どうなっていたかわからない。

「ミハイル様……っ」

足早に広間を出て東の塔に向かうミハイルに、必死に歩調を合わせた。慣れないヒールで、躓《つまず》きそうだ。

どの時点から見られていたのかわからないが、ふしだらな女だと思われたらどうしよう。

「あの、……あの」

「話は部屋で聞く」

いつになく硬い声のミハイルに、びくっと肩が震えてしまう。穏やかでやさしい微笑みが似合うミハイルの感情を欠いた声を聞くのは初めてだ。

「怒って……らっしゃるのですか？」

「……」

ミハイルはなにも言わず、塔の階段を上っていく。あとを追うマリエも口をつぐみ、ドレスの裾をつまんで階段を駆け上がった。

ようやく塔のてっぺんにたどり着き、肩を掴まれて部屋に押し込まれたマリエは、よろけてベッドに倒れ込んでしまった。慌てて起き上がろうとしても、ミハイルがのしかかってくる。

「ミハイル様……」

暗い部屋の中、ミハイルのアメジストの瞳もいつもより深い色合いだ。

「……きみは、僕のものだ。外に出したらいつ誰に奪われるかわからない。兄上にだけは……絶対に触れさせない」

呟くように言って、ミハイルがくちびるをぶつけてくる。

あまりに急なキスで歯がぶつかり、くちびるが薄く切れてしまった。ほのかな血の味とともにマリエは強いキスを立て続けに味わわされ、くらくらしてしまう。

やさしいミハイルは、月とともにどこかへと姿を消してしまったようだ。先ほどはあんなに綺麗に照らしてくれていた月はすっかり雲に覆われ、部屋の中は暗く、互いのシルエットしかわからない。

怖い。怖いのに、ミハイルにすがりついてしまう。なにをされるのか、薄ぼんやりとだがわかるような気がしたから、ほんとうはこの場を逃げなければいけないのだけれど、――ミハイルにだったらなにをされてもいいと願ってしまう自分もいた。

――だって、いつかはお別れのときが来てしまう。だったら、ミハイル様を私の身体に刻んで欲しい。

せつない恋心を隠して、ミハイルの怖いほどの真剣なキスを受け止めた。

いつもだったらマリエが焦《じ》れてくちびるを開くのを待ってくれるのだが、いまはミハイルのほうから強引に舌をねじ込んできて、腔内《こうない》を貪る。

舌をきつく搦《から》め捕られてじゅっと吸い上げられ、強い疼《うず》きを宿すと、ミハイルは無言でマリエのドレスの裾をめくって脱がしにかかった。

「あ、……あ……」

さっき、おふろで愛し合ったときとはまるで違う。ヨハンとのことがミハイルに火を点《つ》けてしまったのか。

自分でもどうしようもなかったできごとだったが、ミハイルを傷つけてしまったのだと思うと、謝りたくてしょうがない。

「ミハイルさま、……私、……ごめ……っ……ん、む、……っ」

最後まで聞かずに、ミハイルはマリエからドレスを剥《は》ぎ取《と》ると、荒っぽくくちづけながら乳房を揉みしだく。

その手にもやはり強い執心が感じられて、胸が甘やかに、そして奇妙なほどに揺れてしまう。

怖いのに、逃げられない。逃げたくないのかもしれない。

初めてをもらってもらえるなら、甘く、やさしい時の中でと思っていたのだが、現実は違うらしい。

ミハイルとてひとりの男だということを、その大きな手で知る。

「ん、ん、っゃ、……あぁっ、強く、揉んじゃ、いや……っ」

「どうして。マリエはおっぱいを揉まれるのが好きだよね」

「で、も、形、かわっちゃ……っ！」

声が跳ね上がったのは、ミハイルに乳首をぎりっと噛《か》まれたからだ。痛みに涙がじわりと浮かぶけれど、マリエは逃げなかった。

ミハイルへの愛情が全身に染み渡っていく。おもちゃみたいに乱暴に扱われたっていい。ずっと恋い焦がれてきたミハイルにもらってもらえるのなら。

「あ、ん、……っあ――は……ぁ……っ……」

「マリエ……ここ、ぐしょぐしょだ」

ドロワーズを脱がされてしまって、秘所に手を挿し込んでくるミハイルが囁《ささや》いてきて顔が真っ赤になってしまう。先ほどの余韻も過ぎておらず、敏感な身体が自分でも恨めしい。

「それは……ミハイル様が……」

「僕のせい？　きみのここが潤うのは、僕のせい？」

繰り返し問うてくるミハイルがぐちゅぐちゅと孔の中に指を挿入してくる。性急に秘裂を擦られて、肉芽もつままれて。

激しい快感にびくんと身体をしならせるマリエの目の前で、ミハイルが唸《うな》りながら衣服を脱ぎ捨てていく。

夜目に慣れた視界に、ミハイルのそこがそそり勃っているのが映った。根元からきつく反り返っているペニスを秘所にあてがうミハイルが、マリエの手を掴《つか》んで下肢へと持っていく。

「マリエ……わかる？　いまから僕はきみの中に挿《はい》る。嫌だと言ってもやめてあげないよ。だって、きみは僕のものだろう？　髪の一本も爪の一枚も、この温かいしずくも……全部僕のものだ」

「ミハイル様……っあ、……あ！　や、――ん……う……っく……！」

ぐぐっと腰を押しつけてきたミハイルの肉竿が、抉《えぐ》り込んでくる。柔らかな陰唇はミハイルの雄で無理やり開かされ、未熟な膣孔の奥へ熱の塊がゆっくりと押し込まれた。

「あ、あ、い、った……ん、は、ぁ、ミハイルさま、ミハイルさま……っ」

破瓜《はか》の痛みにマリエは泣きじゃくり、ミハイルの背中に爪を立ててしまう。けれどミハイルはそれすらも喜びとしているようで、もっと深く重なるためにペニスを根元まで突き挿れてくる。

絶対にこんな大きなものは挿らないと思っていたのに、潤む肉壺は必死にミハイルに応え、熱い蜜でペニスを包み込む。

「やっと……全部挿った……きみの中、熱い……」

「あ、う、っミハイ、ルさ、ま、……うご、かない、で……」

「動くよ。だって僕はきみの中に射精するんだから」

淫らな言葉に耳まで熱くなる。

ミハイルは思っていた以上に嫉妬深いようだ。じゅぽっ、ずちゅっ、と蜜の音を絡めながら挿入を繰り返し、マリエの乳房に顔を埋めたかと思ったら、次には舌を吸い取ってくる。愛撫《あいぶ》のひとつひとつが速くて、ついていけない。なのに身体は疼かされて、どうにもならない。おふろに入っていたときにくちびるで愛されて思わず達してしまったが、今度はどうなるのだろう。

初めてなのに、ミハイルのペニスでごりごりと最奥まで擦られて、マリエは声を上げた。

「あ、っあ、奥……あたっちゃ……う、……っミハイル様、おっきい……っ」

「マリエのせいだよ。僕をこんなにして……全部きみのせいだ。わかる？　熱くてぬるぬるになってるきみのここに、僕は挿ってるんだ。根元までね。初めてなのにこんなに濡らして……きみはいけない子だったの？　こんなに感じてしまうなんて、もともと経験があったの？」

「ない、……っありま、せん、っ……ミハイル様が初めて、……ほんとう、です。……信じて」

涙ながらに訴えるとミハイルは薄く笑い、腰をぶつけてくる。ぐぐっと襞を擦り抉ってくる男性の強さに泣きながらも感じてしまう。

ミハイルの言うとおり、いけない子なのだろうか。感じやすい身体がつらいけれど、止められない。

「……マリエ……マリエ、僕から逃げないで。もっと僕のところにおいで。僕だけが愛してあげるから……！」

「あっ、あっ、ん、響いちゃう、っミハイル様ぁ……っ中、熱い、……っ」

「そうだよ。僕が犯してるんだから、熱いんだよ。……蕩けそうだマリエ……もう、出してもいい？　きみの中に僕の精液を出してもいい？」

「ん、ん、っ、はい、……出して、……っミハイル様の……っあ、も、私、だめ、だめ、イっちゃ……う……っ！」

激しく突きまくられて、マリエは声を嗄《か》らしてミハイルの逞しい腰に両足を絡めていく。そうすると、中でふくれ上がるミハイル自身の形がくっきりとわかる。

散々貫かれた最後に肉芽を嬲《なぶ》られたことでマリエが声もなくしてひくひくと身体を震わせて絶頂に達すると、それを見届けたミハイルが奥歯を噛みしめながら吐精してきた。

「あっ、あ、……出ちゃ……っ、熱いの、おなかの奥まで、出て……」

「ああ、マリエ……まだ、まだ出すから全部呑み込んで……僕の赤ちゃんを産ませてあげるから、射精させて」

ミハイルが乳房を強めに揉みながら、くちづけてくる。執心に手ひどく引っかき回された王子の強い愛撫に身体もこころも引っ張られてしまう。

こんなにも愛したひとはひとりもいない。もしかしたら、ひどい初めてなのかもしれないのに、マリエはなぜか嬉しかった。

きっと、これが本物のミハイルだ。いままでずっと、やさしい笑顔の下にさまざまなことを隠して耐えてきたのだろうと思う。

ヨハンにも、王妃にも言いたいことが言えず、第二王子という重責をひとりで背負ってきたミハイルのいちばん近いところにいるのは、きっと自分だ。

——だって、中に出してもらえている。

赤ちゃんを産ませてあげる、とも言われた。

側室としてだろうか。これからたくさん増えていくだろう、愛人のひとりとしてだろうか。男として確かに開花したミハイルに群がる女性はあとを絶たないだろう。

そのアメジストの深い瞳に見つめられたら、誰だって恋に落ちる。

——そう、私も。

とくとくと中でミハイルが射精し続けている。あふれていくしずくはお尻の狭間を垂れ落ちていって、なんだか卑猥《ひわい》だ。

はっ、と息を切ったミハイルが身体を起こし、額の汗を腕で拭ったあと、マリエをじっと見つめてくる。

「マリエ……」

達してしまったら、もう飽きたのだろうか。それとも我に返って、つまらないことをしてしまったとでも。

不安に駆られるマリエの身体を抱き起こし、ミハイルは膝の上に乗せる。

「ん……あっ、……中、刺さってる、みたい、です……」

「そうだね。まだ全然物足りないんだ。なんでだろうマリエ……一度出したのに、きみが欲しくて頭がおかしくなりそうだよ。もう一度するからね」

強く言い切るミハイルに、マリエは恥じらいながらも、こくりと頷く。

こんな彼を、ずっと待っていた。ずっとずっと。ここに閉じ込められるぐらい、愛されたい。

立場もなにもかもいまだけは忘れて、お互いにとってなくてはならない存在でいたい。

ただの性欲の解消だって構わない。ミハイルの身体に合っているなら、それ以上に嬉しいことはないから。

「……私は、あなただけのものです、ミハイル様」

涙混じりに言って、マリエはそっと彼に抱きついてキスをする。

けなげな言葉にミハイルはじっと聞き入り、マリエをかき抱く。

「僕だけのものだ。朝まで離さない」

はい、と誓う声は、彼のくちびるの中に消えていく。

その言葉通り、マリエは夜更けになっても、朝になっても、ミハイルの腕から逃れることはなかった。

愛している。互いにそう告げるのだけれど、こころの行く先は遠く離れている気がして、どこまでも不安がつきまとう。

抱かれてしあわせなはずなのに、どうしてこんなにも胸が軋《きし》むのだろう。

第八章

マリエを一度抱いてしまったら、あとに退《ひ》けなくなってしまった。

あの身体の柔らかさは罪だ。ミハイルがどんなに苦しい姿勢を強いてもマリエの身体は柔軟に応え、雄芯を熱く包み込んでくれる。

キスも、ミハイルの胸をかき回すひとつだ。マリエのキスはいつも誠実で、つたなくて、たまらなく可愛い。性交の最中、昂ぶってくると、マリエはキスを求めてくるのが癖だ。赤く濡れた舌を見るたび胸がかきむしられて、ミハイルは執拗《しつよう》にしゃぶってしまう。

初めての性交が強引なものになったことを悔いるひまもなく、ミハイルは翌日からほぼ毎日ずっと、時間が空けばマリエを引き寄せて抱いていた。

少しずつ、少しずつ、女性としての快感を知って花開いていくマリエに夢中だった。

——誰にも渡さない。目も合わさせたくない。

ここまで自分は狭量だっただろうか。信じられないぐらいの嫉妬深さと真正面から顔を突き合わせたら自暴自棄でなにもかも放り出しそうだ。

だから、マリエを抱いた。逃避していると誰かに嘲笑われてもいい。マリエが自分だけを求めてすがってくれることを一分一秒でも感じていたかったのだ。

今日は、ふたりで少し遠出をした。マリエを馬のミナフに乗せて、城から三十分以上離れた森へとやってきた。

城の裏側にある森も深くていいのだが、やはり顔見知りに会う可能性がある。自分は見つかっても構わないが、マリエにまでつらい思いをさせたくない。それに、喘ぐ彼女は自分だけの秘密にしておきたい。

「……マリエ、綺麗だ」

木漏れ日が射《さ》す心地好い森の中、大きな木に寄りかかって淡いピンクのドレスの前を開いていくマリエにミハイルはくちづける。

今日のマリエは、ちいさなくるみボタンがずらりと並んだ可愛らしいピンクのロングドレスを着ていた。

「見せて、マリエ。きみのおっぱいを吸わせて」

「ミハイル様……」

マリエの瞳にじわっと涙が浮かぶ。本気で嫌がっていたら、断腸の思いでマリエから手を引くつもりだ。けれど、マリエの目は熱に浮かされていて、恥じらいとともにこれから先に待つ快感を待ち望んでいる。

ミハイルは、初めての経験のあとから生まれ変わったように大胆になった。そうでもしないと、彼女を誰かに――ヨハンに奪われるかもしれないという恐れがあったからだ。

自分以上に気持ちいい交わりをする男はいない。マリエにそう感じて欲しい。

マリエは決心したかのようにうつむき、ピンクのくるみボタンをひとつずつ丁寧に外していく。

片側の胸があらわになるなり、ミハイルは手を伸ばしていた。

「あ……っ」

「柔らかい……マリエ、今日はアンダードレスを着てこなかったの？」

「は、……い」

「どうして？　馬で遠出すると言ったのに。僕にすぐ触って欲しかったの？」

「……ミハイル様」

マリエは頬を染めて、頷く。その仕草だってやっぱり可愛いから、指の痕がつくほど強く乳房を揉《も》み込《こ》み、少し身体を折って乳首に吸い付いた。

ちゅく、と吸い上げると、マリエが「あ、っん……」と喘《あえ》ぎながら、身体を震わせる。でも、まだだ。まだ繋がらない。マリエにもっと恥ずかしいことをさせて、秘密を共有したい。

「ほら、マリエ。もう片方のおっぱいも見せて。噛んであげるから」

「ん、ん、でも、……っ、ここ、おおきくなっちゃう……」

「僕だけが愛してあげるから、大きくなっていいんだよ。……でも、ドレスの上からわかっちゃうかな？　きみの淫らな胸が誰にでもわかってしまったら、僕はおかしくなってしまうね」

「ミハイル、様……ぁ……っ」

マリエがもう片側の乳房も晒《さら》し、ついで、薄いおなか、腰骨、そして恥丘も見せてくれた。柔らかに盛り上がった女性器を目にすると、いつも頭の中がぎゅっと締め付けられる。

男の自分とでは作りがまったく違う。男は、中に挿れることを請う荒々しい生き物だ。そして、女性はそんな男の欲を受け止めてくれるやさしい生き物だ。

マリエは誰より愛情深くてやさしい。いっそ、罵って嫌われたら彼女を諦めて楽になれるかもしれないのに。

そんなふうにも思うが、こころにもないことだ。

ほんとうは、しあわせに愛してあげたい。

マリエを甘やかして、可愛がって、念入りに抱いてあげたいのに、いまはまだ奪うことで必死だ。

「マリエ……」

乳首を口の中で噛み転がしながら、マリエの陰部に指をすべらせる。そこはもう、熱く濡れていて、割れ目の中に肉芽を見つけると、ミハイルは息を詰めて転がす。

「あ、ん、っや、っ、うずうず、しちゃう……」

「もっとしていいよ。全部僕が責任を取ってあげるから」

マリエのクリトリスはちいさくて、愛撫してあげるとふっくらと腫《は》れる。男の愛撫を覚えたらしい尖りを擦るのが、ミハイルはたまらなく好きだった。

「んん、ん、もう、もお、だめ、ミハイル様、イっちゃ……う……！」

「イって。何度でもイかせてあげる」

マリエはクリトリスでのイきかたをすっかり覚えたようで、そこを弄《いじ》るとすぐに身体をひくつかせて達してしまう。

——なんて可愛い女の子なんだろう。僕の、僕だけの可愛くて淫らな女の子だ。

「あ、はぁ……ッ……ん……っえ、ミハイル……様……っ？」

我慢できずに、ミハイルは彼女の腰を掴んでうしろを向かせ、大木に手をつかせる。そしてドレスの裾をまくり上げて、形のいいお尻を剥《む》き出《だ》しにする。

マリエはドロワーズも身に着けていなかった。地面に跪《ひざまず》いてびしょびしょに濡れた秘部に舌をあてがうと、マリエが「っあん……！」と声を跳ね上げる。

彼女も、この行為を待ってくれていたのだろうか。だとしたら嬉しいのだけれど。

クリトリスを舌で押し潰して、吸い上げる。チュクチュクと舐めしゃぶると、マリエが泣き声を上げた。

「やぁ……っん、……だめ、また……あっ、あ、……なんか、来ちゃ……っ」

ぷっくりした肉芽から蜜壺へと向けて、れろーっと舌を這《は》わせていけば、マリエが背中を弓のようにそらして再び絶頂に達する。

それと同時にとろりと愛蜜がしたたって、ミハイルは唾液と混じり合わせながら啜り込んだ。彼女の唾液、汗、愛液のすべてをこの身体に取り込みたい。なんだったら血すらも。どこまでもひとつになってしまえば、もう離れない。

「マリエ……いやらしいしずくがたくさんあふれてるよ。きみのここ、僕を欲しがってるみたいだ」

「んっ、欲し、……っい、ミハイル様が……欲しい、です……」

甘やかな声を上げるマリエが肩越しに振り向く。そのくちびるがかすかに開いて、物欲しげに見えるから、ミハイルはごくりと息を呑んで立ち上がり、スラックスの前をくつろげる。

取り出したペニスはもう怒張していて、マリエの手に握らせるとどくどくと脈打つ。

「あ、……っ」

「マリエの好きな硬さになってる？」

「……はい。これ、で、突かれると、おかしくなっちゃう……」

「どこを突かれるといいの？」

言いながら、ミハイルはペニスをマリエの秘所に擦りつける。にゅぐっ、じゅくっと亀頭でクリトリスを刺激すると、マリエはせつなげな顔で腰を押しつけてきた。

「だめ、だめ、……そこっ、……あっん、ミハイル様……もぉ、……挿《い》れ、て……っ」

「いやらしいマリエ……男の僕に犯されたいんだ？　いいよ、挿れてあげる……！」

マリエの耳朶《じだ》を噛みながら、ミハイルはズクリと怒張で穿《うが》つ。きつい陰唇はミハイルの性器をなんとか呑み込み、ひくひくと震えながら奥へと誘う。

この瞬間が、いつもたまらない。がむしゃらに突いてしまいたくなる衝動を堪えるのに必死だ。

「ああ、……気持ちいいよ、マリエ……僕を包み込んでくれる。熱くて、ひくついて……」

浅く挿れて、自分の肉槍がマリエの秘部を貫いていることを視覚的にも確認すると、ミハイルはずぶっと深く埋め込んでゆっくり動き出した。

「あっ、あ、んっ、ミハイル様、……っ硬、い……」

「マリエが締め付けるからだよ。そのこと、わかってる？　きみが僕を締め付けて離さないからだよ」

「ん、ン――ッ……私の、……せい……？」

ミハイルに突かれて、白いお尻を振るマリエの声が上擦っている。少し意地悪なことを言うと、よけいに感じるみたいだ。

「マリエが自分でおっぱいを揉んでくれたら、もっと突いてあげるよ」

「やぁ、でき、な……っ」

「できないの？　僕だけの淫らなマリエなのに？　……ほら、揉んでごらん」

後背位でマリエを責めながら、その手を胸にあてがわせる。

マリエは戸惑っていたが、やがて、我慢できなくなったのか、自分でたどたどしく胸を揉み始めた。

もう、最高だ。可愛いマリエが自分の乳房を揉んで感じているところが見られるなんて。

今度、彼女に自分でしてもらおう。濡れた秘唇をどう弄るのか、間近で見てみたい。きっと、細い指でクリトリスを弄って、濡れた孔の中もおそるおそるかき回して、最後にはミハイルと目を合わせながら達してくれるはずだ。

想像するだけで息が弾む。ミハイルは欲望のままに突き、マリエの熱さを堪能する。硬いペニスに肉襞はねっとりとまとわりつき、蜜を絡めていく。じゅぽっと引き抜くと、細かに泡だった愛液でペニスが白く濡れていた。

「すごく感じてるんだね、マリエ……きみの蜜、いつもより多い」

「あ、う……ん、……っこんな私、……お嫌です、か……？」

「――愛しているよ。きみだけを愛している」

囁くと、マリエは泣いて、泣いて、高みへと昇り詰めていく。

愛していると言葉を捧《ささ》げたのは、これが初めてかもしれない。

彼女を絶対に手放さないと覚悟を決めたからだ。

第二王子としての自分には、外交をはじめとしたさまざまな責務を任されている。ヨハンが病身の王に代わって国政をまとめているいま、彼に刃向かえる者はいない。たとえ、弟の自分であれど。

いままでは兄の陰にかくれて自分だけの仕事をしていればよかったけれど、マリエがそばにいてくれるならば、どんなことでもやり抜くと誓おう。

マリエが笑ってくれるなら。

だが、もしも彼女を奪われるのならば、彼女を連れて潔くこの国を出る。王子としての立場もくそくらえだ。

マリエを抱いたことで、ミハイルは生まれて初めて、強さというものを手にした気がする。強引なヨハンの陰でひっそりしていた気弱な自分とは、もうお別れだ。

これからは、やりたいようにやる。マリエだけを大切に愛するために、もっと強くならなければ。

何度も絶頂に押し上げられたマリエの熱くて柔らかい中に、ミハイルも息を詰めて射精する。この瞬間のためにすべてはあるのだと思うのだが、欲を吐き出した次には、もう彼女が欲しくなっている。

際限がない。こんなに求めていたら彼女がいつか壊れてしまう。

そう危惧するものの、どうしても手放すことができなかった。

その執心は、夜になるとするりと霧のように現れて、ミハイルを搦《から》め捕った。

夜のとばりが落ちる頃——私室で本を読んでいたミハイルは、ふと顔を上げる。午前零時を回ったばかりだ。

「マリエ……」

いま頃、マリエはどうしているだろう。昼間に散々抱いてしまったから、もう疲れて眠っているかもしれない。

彼女の可愛い寝顔を想像して微笑んだものの、うずうずしてくる。

寝顔を見たい。あのきらきらした赤毛を撫《な》でて、「おやすみ」とキスをしてあげたい。

ミハイルは椅子から立ち上がり、広い私室をうろうろと歩き回る。ヨハンと違って、自然を愛するミハイルの部屋には、多くの緑の絵が飾られていた。緑が生い茂る大木がずらりと並ぶ絵、草原の絵。美しい湖面に見事な枝が垂れ落ちる一枚もある。

いつもならこの絵を見てこころを落ち着かせるのだが、今夜はなかなかうまくいかない。

緑の平原を見ても、——この草むらの中でマリエを組み敷きたい、と想い耽ってしまう有様だ。いくらなんでも、エスカレートしすぎだ。彼女が初めての女性だから、舞い上がってしまっているのだろう。もっと冷静になるべきだ。

そう思う。思うのだが、頭の片隅ではマリエをずっと想い続け、その身体が持つ柔らかな熱について想像をふくらませている。

そんな自分に呆《あき》れ果《は》てて、ミハイルは机の片隅に置いた水差しから冷たい水をグラスに注ぎ、ひと息に飲み干した。

——マリエは、喉を渇かしていないだろうか。

そろそろ五月が終わろうとしている。季節はだんだんと夏に近づき、今日も雨の匂いを含んだしっとりとした夜だ。間もなく、雨期が来る。そして花祭りも近づいてくる。

マリエのドレス製作は本格的になっており、デザイン画に王妃の了承をもらえたあとは、いよいよ生地の裁断に入っていた。マリエはひどく緊張していたが、そばにいたミハイルが、『大丈夫だよ。もし失敗しても生地はまだあるから』と励ますと、にこりと笑い、真面目な顔で大人の女性に似合う品のあるピンクの生地に鋏《はさみ》を入れていった。

生地は、隣の国ハイトロアから取り寄せたもので、極上のシルクだ。少し張りのあるシャンタンシルクで、母上の彫りの深い顔立ちにさぞ似合うことだろう。

仮縫いや本縫いについては人手がいるので、とくべつに、マリエの勤め先であるシュトレン・ドレスから助けを呼ぶことになっていた。マリエが城に来た直後の頃は、彼女の度胸を試すためにも、母上は『すべておまえひとりがおやりなさい』と命じていたのだが、献身的に働く彼女を見ていて考えが変わったのだろう。

『おまえが倒れてしまってはドレスも仕上がらないわね。いいわ。信頼できる者を呼びなさい』

そう言われたときのマリエの嬉しそうな顔と言ったら。隣にいたミハイルがちょっと焼き餅を焼いてしまうぐらいだった。

花祭りは、六月の終わりにある。仮縫いはすでに終わっているので、明日からはシュトレン・ドレスの助っ人たちと本縫いだ。ミハイルの出番があるのか定かではない。

だからこそ、いま、彼女が欲しい。

マリエにも、欲しいと思ってもらいたい。

まだどこか自信を持てない己に忸怩《じくじ》たるものを抱えながら、ミハイルはもう一杯水を飲み、ようやく腹を決めて部屋を出た。

夜更けに東の塔――しかも女性の部屋を訪ねることがばれたら、厄介なことになる。それこそ、兄のヨハンに見つかりでもしたら、いろいろと面倒だ。足音をひそめ、燭台は持たず、城内の灯《あか》りだけを頼りに歩を進めていく。

ところどころにいる番兵は幸運なことに、みな、仲のいい者たちばかりだった。

「昼間、母上から言付けを預かっていたことを忘れていたんだ。ちょっとマリエに会ってくるから」

「かしこまりました。灯りは要りませんか?」

「大丈夫だよ。おまえも大変だね。ご苦労様。番が終わったらゆっくり休んで」

気遣う王子に番兵は感激した様子で、深く頭を下げていた。

とっさの言い訳にしては上々だ。あまり長居はできないけれど、ただ顔を見るだけでもいい。マリエの私室に続く長い長いらせん状の階段を上っていく。一段上るたびに、恋心が疼く。マリエの笑顔が大好きだ。ドレス製作に立ち会っているときのひたむきで、真面目な顔も。ミハイルの隣で楽しそうに食事しているときの顔もいい。ふたりでさまざまなことを話しているときは、きらきらと瞳が輝いている。そして、この腕に抱いたとき。マリエは艶やかに色づき、かすかに開いたくちびるで悩ましくミハイルの名を呼ぶ。

そこまで考えたときらせん階段が暗がりに入り込み、想像の中のマリエがなぜか、ヨハンの名を呼ぶところを思い浮かべてしまった。

ヨハンは弟の目から見ても危険な兄だ。女性という女性をものにしないと気がすまないたちで、大事にしてくれるのならまだ我慢もできるが、何度か抱くと飽きて捨ててしまうところにミハイルは深く失望していた。

もてあそばれ、捨てられた女性のこころを思うとミハイルも悲しくなる。どの女性も、第一王子であるヨハンに声をかけられて有頂天になり、身体まで差し出したのに、ただのおもちゃみたいな扱いをされて。

つらい想いに耐えかねて、ひっそりと辞めていった侍女がいることをミハイルは知っている。引き留めようと何度も頑張ったのだが、彼女たちの引き裂かれたこころは二度ともとに戻らなかった。

せめていま、城を離れ、どこかでしあわせに暮らしてくれているといいのだが。

マリエをそんな目に遭わせるわけには絶対にいかない。断じて。

──だったら、いっそのこと、僕が嫌われてしまいたい。壊してしまうならこの手で。

歪《ゆが》んだ考えだということは百も承知している。しかし、ここで怯《ひる》んだらヨハンにマリエをずたずたにされてしまう。

ミハイルが何度も何度も抱き尽くして、マリエが泣きながらもドレスを仕上げ、莫大《ばくだい》な報酬とともにこの城を去る日が来たら。

……ほっとするかもしれない。

自分でも気の狂うような嫉妬心にかき回される日々にも別れを告げられる。

ずっとそばにいて欲しいのに、そうなったらなったで誰かに奪われないだろうかと終始神経を尖らせてしまうのが、いまのミハイルだ。

どこまで自分を追い込めば気がすむのだろう。わざわざ苦しい想《おも》いをして、自分のことも、マリエのことも深みへと追い詰めている。しあわせにしてあげたいのに。

いまはマリエを兄の魔手から守り、自分だけが信じられる男なのだということを彼女の身体に刻み込みたい。

そこに、もしかしたら快感は必要ないのかもしれない。

ただ、彼女の魂が欲しいだけ。純粋なあの瞳を守りたいだけ。

性交という形は取るけれど、確かに最後にはとてつもない快感が待ち受けているけれど、ミハイルがほんとうに欲しいものはマリエそのもの——魂そのものだ。

思い詰めた先になにが待っているのか、いまは考えたくない。

らせん階段のてっぺんに上り、ミハイルは息を呑んで扉を軽くノックする。返事はない。それもそうだろう。もう真夜中だ。

もう一度だけ、ノックした。今度は少し強く。

やはり返事はない。

そっと肩で押し開けると、差し込み錠はかかっておらず、扉はキィッと内側に開いていく。

「……マリエ？」

呼びかけながら、室内に入った。窓から射《さ》し込《こ》む月の光が、静かに部屋を明るくしている。太陽よりも柔らかな月の光が、ミハイルはとても好きだった。薄いヴェールのような光は幾重にも重なり、あたりのものをふんわりと浮かび上がらせている。

マリエは、窓際に寄せたベッドで穏やかに眠っていた。

すぅ、と可愛らしい寝息を立てているマリエに近づき、ミハイルは微笑《ほほえ》みながらベッドの縁に腰を下ろす。

薄い毛布を胸元まで引き上げているマリエは片方の手を頭の下に差し込み、眠っている。その胸元がふわりと盛り上がっているのを見ると、嫌でも顔が熱くなる。

マリエの魅惑的なふくらみ。何度その尖りを吸ったことだろう。口の中で硬くしこらせ、先端をきゅっと噛んでやると、マリエは泣くほど感じてくれた。

ミハイル自身、そこまで乳首に執着するとは想っていなかったので、自分でもちょっと可笑《おか》しい。マリエの胸を見るといてもたってもいられず、つい手が出てしまうのだ。

そう、いまも。

いけない。彼女の眠りを破ってはだめだ。今日だってずいぶんと彼女を困らせたではないか。

——でも、少しだけ。

マリエの温《ぬく》もりを感じたい。

指先を伸ばして、鎖骨を人差し指で愛おしげになぞる。中央のくぼみは、まるでキスを誘うかのようだ。

ミハイルは我慢できずに顔を寄せ、マリエの胸元にキスを落とす。

「……、ん……」

甘い声が、漏れる。薄く開いた、赤いくちびるから。

その艶やかなくちびるにはっとなり、ミハイルはまじまじと見つめる。

マリエのくちびるはこんなにも魅力的だっただろうか。数え切れないほどキスしてきたのに、そういえばいままであまりちゃんと見ていなかったかもしれない。

——キスすることで頭がいっぱいだったから。

上くちびるがほんのり厚めなのも、マリエらしい色香が漂う点だ。そういえば、兄のヨハンが選ぶ女性はみな、やけにくちびるに魅力があった。

なにかを話すとき、食べるとき、微笑むときにそのくちびるは蠱惑的《こわくてき》に動く。そしてきっと――夜の営みをも連想させるから、ヨハンは彼女たちを選んだのだろう。男を惹《ひ》き付《つ》けてやまないくちびるをしているから。

そんなことを考えると、もうあとには退けない。ミハイルは固唾を呑みながらベッドに上がり、マリエに馬乗りになる。重みでマリエが目を覚まさないように、身体は浮かせたままだ。

膝を進め、マリエのちょうど顔の真上で止まる。

それから、何度も息を吸い込み、ゆっくりと己の下肢をあらわにしていった。

肉棒はもう猛《たけ》っており、先端の割れ目からは透明なしずくがしたたっている。そのしずくを指先に移し取って、マリエのくちびるの中へと割り込ませた。

「っ……ン……」

ちろ、と赤い舌先が指先を舐《な》め取ることにぞくぞくし、ミハイルはぎこちなく己の肉槍を扱く。びくんとしなるほどに硬くなった陰茎を捧《ささ》げ持《も》ち、今度はそれでくちびるのラインをなぞってやった。

「あ、……う、ん、……ふ……」

ミハイルの硬い肉槍を押しつけられたマリエは、目を閉じながらもくちびるを開いていき、迎え入れてくれる。

彼女が少しでも呑み込みやすいようにと、ミハイルは彼女の顎をつまんで押し上げる。自然とくちびるは大きく開き、ミハイルのものも、ずずっと中程まで含ませることができた。

「ん、ん、……っん、ふ……」

少し、苦しげな顔。眉をひそめた顔もなんと愛らしいことか。

ぐぽっ、ずちゅっ、と熱い口腔《こうこう》を犯し始めたミハイルはねっとりと絡みついてくる舌の淫靡《いんび》さに負けて、理性を手放しそうだ。

男根を咥えさせたのは、これが初めてだ。マリエと繋がることばかり考えていたから、奉仕させるという妄想が浮かばなかったのだ。でも、これはこれでいい。マリエの愛らしいくちびるに出たり挿ったりする肉槍は赤黒く染まり、見るからに卑猥だ。

「マリエ、……マリエ……」

腰の動きを少しずつ速め、ミハイルは彼女の口の中で欲を育てていく。

どうしよう。このままマリエの口腔に出してしまおうか。いや、さすがにそれは鬼畜のやることだ。マリエを愛する男がやることではない。

「っ、ぁ……」

ぎりぎりのところでミハイルは踏《ふ》み留まり、惜しみながら肉棒を彼女の口からじゅぽっと引き抜く。その瞬間、赤い舌が動いて、彼女も残念そうに見えた。

「マリエ……可愛いよ」

頬を何度も撫《な》で、今度はネグリジェの胸元をはだけて、真っ白に盛り上がるふたつのふくらみに吸い付いた。

やっぱり、マリエの胸は最高だ。片方のふくらみを揉みながら、もう片方の乳首をきつめにちゅくちゅくと吸い上げる。いまにも、なにか出てきそうだ。

「あ……ん……ミ、……ハイル……さま……」

名前を呼ばれて、ぎくりとした。見上げれば、マリエは目を閉じたままだ。眠りの中で、ミハイルに抱かれているのだろう。誰のものでもない、自分の名を口にしてくれたことに安堵《あんど》し、ミハイルは毛布をめくってネグリジェの裾をまくり上げる。短めのズロースをずり下げようとして、ためらう。

眠っているところを、犯そうとしているのだ自分は。

もしかして、兄以上にひどい人間ではないだろうか。

しかし、いや——だが。

煩悶《はんもん》を繰り返し、ミハイルはようやく決意し、ズロースを引っ張る。

薄い恥毛が見えて、頭の中が急速に熱くなっていく。マリエの淫唇は柔らかに盛り上がり、深い切れ込みが真ん中にある。そこに、自分を割り込ませたい。まずは、指で。そして、舌で。最後には、自分自身を。

彼女の足首を掴んで大きく開かせたミハイルは、ふわっと割れた恥丘の狭間《はざま》に指をすべらせ、ちいさなちいさなクリトリスを見つけ出す。

「ン……っ」

可愛い声が上がった。そうだ。マリエはここを弄《いじ》られるのがたまらなく好きなのだ。クリトリスを弄られてイくことを覚えた彼女は、ミハイルが挿《はい》っている間にも何度も絶頂を極める。肉槍がいいところに当たるらしいのだ。

ぷくんと丸っこい肉芽を指で押し転がしているうちに、しっとりとそこが濡れてくる。マリエは愛蜜が多いのもいい。感じやすい身体なのだとわかると、嬉しくなる。

たまらずにクリトリスに吸い付き、れろれろと舌を淫らに上下に動かすと、マリエはびくっ、と身体を震わせて、「あ、――あ」と声を上げる。

いつもよりずっとちいさい声だが、いつもより甘い声だ。舌での愛撫は指よりも繊細だから、ひどく感じてしまうのだろう。

「イっていいよ、……マリエ」

ちゅ、ちゅ、とクリトリスにキスしながら囁くと、マリエは泣き出しそうな声を漏らしながら身体を弓なりにしならせていく。

「あっ……や、……ぁ……ん……」

びくん、と強めに彼女の身体が跳ねる。達してくれたのだ。とたんに弛緩するマリエの足首をそれでもミハイルは掴み、ぐちゅぐちゅと愛液をかき回しながら肉壺への隘路《あいろ》を指で辿《たど》る。

いつも、こんな狭いところに己の欲が挿《はい》るなんて嘘《うそ》みたいだ。最初は、裂けてしまうかもしれないと恐れたぐらいだった。だが、濃密な交わりを重ねてきたいまでは、マリエの身体はミハイルのためだけに熱く開いていく。

淫唇はぱっくりと割れてとろとろと蜜をこぼしている。

ついさっきまで彼女の口を犯していた肉槍を、今度は蜜壺へと向けていく。

「マリエ……っ」

ずっ、と先端を強めに押し込んだ。極端に張り出した亀頭を飲み込ませるのに、いつも気を遣う。エラが張り出している自分のペニスをミハイルはどうとも思わなかったが、中に挿って引き抜くとごりごりと肉襞を擦るのがたまらなく悦いらしく、マリエはいつも背中に爪を立ててくる。

「っあ、……ん……ァ……ん……」

ミハイルのゆったりした律動にあわせて、マリエの細い喉がしなってかすかな嬌声《きょうせい》がこぼれていく。

眠りの中にあっても、マリエは感じ入っているようだ。ミハイルの肉棒を締め付けて離さない。

「マリエ……愛してる、……愛してるんだ」

心地好い熱と蜜に取り込まれて、我を忘れそうだ。ずちゅずちゅと肉洞を突き上げ、最奥までずんっとねじ込む。

その頃にはもう、いつもどおりの性交と変わりない強さになっていた。

マリエの柔らかな乳房を揉み、腰を掴んで揺さぶる。きゅうっと締められて、いまにも射精してしまいそうな瞬間、マリエの瞼《まぶた》がうっすらと開く。

「……ん……」

「……マリ、エ」

だめだ。いまはまだ起きないで。

身勝手な僕を見てはだめだ。

ミハイルは息を切らして彼女の目元を片手で覆う。マリエはとくに抵抗することもなく、身体をゆだねてくれていた。

「っあ、……ん……や、……や……ぁ……だ、め……っ」

マリエの声が上擦っていく。もう、我慢できないのだろう。すぐそこに迫った絶頂を掴むためにミハイルも彼女を揺すって最奥に亀頭をごりっと擦り付けて、いちばん濃い精液を滲《にじ》ませていく。

――孕ませてあげたい。マリエ、僕だけの精液を覚えていて。

「……っあ……ン……！」

「っ、く……っ」

　ほぼ同時に、マリエとミハイルは昇り詰めた。ひくん、と震える彼女の中に、ミハイルはどくどくと精液を撃ち込んでいく。

　マリエの中に挿《はい》るたび射精しているせいか、いまではもう、自分の指では達することができないほどだ。柔らかに、ねっとりと搦《から》め捕られていく快感は言葉にならない。

「マリエ……」

　全身に汗が噴き出す。火照った頬を拭い、また穏やかな眠りに引き込まれていくマリエの顔をじっと見下ろす。繋がったままで。

　こんなことをされても、マリエは従順だ。ミハイルのことをちらりとも疑わないのだろう。それはもちろん男として嬉《うれ》しいことだが、少し危なっかしくも思える。

「……だめだよ、マリエ。こんなにやさしくするなんて……僕がつけ込んだらどうするの？　マリエのくちびるも、……マリエの胸も、……それから、ここも。全部、全部僕だけのものだよ、マリエ。……もし、兄上がきみに手を出そうものなら……」

　仄暗《ほのぐら》い目をして、マリエを見つめる。白く細い喉を食い入るように見て、ミハイルは十本の指をしなやかに巻き付けていく。親指から始まって、人差し指、中指、薬指、しなやかな小指。

「……ン……っ」

　きゅ、と首を絞めてみる。ほんの少しだけだ。なのに、マリエの中が熱く潤い、ミハイルを欲しがって疼く。

「マリエ……」

いよいよどうにもならなくなったら、こういう手もある。彼女が誰かに汚されるぐらいなら、いっそこの手で。マリエを。そして自分をも。

うっとりとマリエの首を見つめていたが、彼女の息遣いが浅くなっていることに気づき、はっと手を離した。

だめだ。しあわせじゃない結末を考えるなんて、彼女を守る男として最低だ。

そう思うのに、いつか訪れる死がふたりを分かつなら、マリエをこの腕に抱いて最後の最後まで一緒にいたい。

死すら遠ざける仄暗い愛情こそが、自分の武器だ。

マリエがいまここで目を覚まし、ミハイルの行為をなじってくれたらいいのに。そんなことも考える。

愛しても愛しても自分のものにならないのならば、いっそ壊してしまいたいのだ。この関係も、マリエのことも自分のことも。

ひとはこんな自分をどう思うだろう。頭がおかしいと嘲笑《あざわら》うだろうか。恋に狂った男の末路に身を震わせるだろうか。

「……でもマリエ。どう考えたって、僕にはきみだけなんだ。出会ったときからずっと、きみしかいない。僕の人生の光なんだよ、マリエは。温かく照らしてくれる……きみがいない毎日なんて想像できない。寂しい想いをしていたあの頃にはもう戻りたくないんだ。僕はね、きみが考えているよりずっとだめな男だ。こんなことをして、最低だよ。……きみを離せないんだ。ごめんね、マリエ。どんなに嫌だと言われても、きみを愛してる。もしきみが逃げ出したら、地の果てまでも追いかける。そして……こんなふうに」

ミハイルはぽつりと言葉を切り、もう一度彼女の首に手をかける。

「……こんなふうに……」

絞め上げてしまうだろうか。

だけどミハイルは苦く笑って息を吐き、マリエにくちづける。

「……もう一度、射精してもいい？　マリエ。きみの中に挿ってるときだけはなにもかも忘れられるんだ。立場も、これからのことも……大丈夫。きみのことはきっとしあわせにするから。僕を信じて、安心して感じて。きみのぬるぬるしたここ、とても素敵だよマリエ……。もう一度、イこうね」

言いながら、腰を動かし始める。再び昂ぶっていた男根はすっかりマリエの中に馴染《なじ》み、溶け合ってしまいそうだ。

こんなに気持ちいい時間から目を覚まさないで。

夢の中にいるマリエにそう願い、ミハイルは己にもまじないをかける。恋の魔法は、想像以上に残酷だ。マリエを愛する権利を手にした代わりに、ミハイルは理性をどこかに置き忘れた気がしている。

けれど、悔いるのはもっとあとでいい。

いまは、マリエの熱を感じるだけ。せつないほどの快感を分け合うだけ。

ふわりと目元が熱くなる。

つうっとひとしずく、涙が頬をすべり落ちていった。

いつしか、ミハイルはマリエを抱きながら涙をこぼしていた。ただ彼女を愛したいだけなのに、どうしてこうもこじれていくのだろう。

どうしてこんなにも自分は愚かなのだろう。

やがて訪れる朝を遠ざけたくて、ミハイルはマリエを組み敷いていつまでもその熱に浸っていた。

神様は、こんな冴《さ》えない自分に素晴らしい恋を与えてくれた。だけど、それはほんとうに神様だったのだろうか。笑顔の裏でほくそ笑む悪魔ではないだろうか。

好きになればなるほどマリエが遠くなる。振り向いて欲しくて、彼女にも同じ熱量で愛して欲しいと願ってしまった瞬間から、この深くもねじれた葛藤は生まれた。

マリエをまるごと包み込むような愛にたどり着くにはまだほど遠い。

頬を伝う涙を指で拭い、ミハイルはそれをマリエのくちびるにあてがった。

マリエ、この涙は初めての恋の味だよ。

第九章

もしも神様がほんとうに意地悪だったら、ミハイルをひと息に自滅の道へと追い込んでいただろう。

だけど、さすがにそれは少し可哀想に思ったのかもしれない。マリエに執着してどうにもならないミハイルに、神様は「王子」としての役目を思い起こさせた。

「ミハイル、俺の話を聞いているか?」

「――はい、兄上。聞いております」

窓の向こうの景色を眺めていたミハイルは顔を引き締め、ヨハンのほうに向き直る。だめだ。またマリエのことを考えてしまった。

六月の小雨が降る日、執務室で書類にサインをしていたミハイルはヨハンの訪問を受けていた。この日はマリエが朝から王妃のドレスに取りかかっていたため、ミハイルもぼうっとする身体を抑えて、執務に励むことにしたのだ。隣国ハイトロアが近頃上等な茶葉ができたから、ぜひ買ってくれないかと申し出てきている。王家は、兄上をのぞいてみなハイトロアのお茶を好んでいたから、ありがたくこの話を受けようと思う。

——兄上はハイトロアに侵略しようとしているけれど、僕は違う。お茶や上質なシルクといった産物を取り引きの材料にしたい。そのほうがずっと平和だし、両国にとっても建設的だ。

寸暇を惜しんでマリエを抱いていたいけれど、自分にも大切な役目がある。

隣の国ハイトロアにお茶の礼状を書き、感謝の言葉を連ねた。また、王妃のためのシルクの生地はとても美しく、素晴らしいお針子の手でドレスに仕立てられている。無事できあがった日には、両国間の会食を——美しい文字でそこまで書いたところで、ぶっきらぼうに扉が叩かれ、返事をする前にヨハンが入ってきたのだった。

「……僕にどんな用事を？」

「鉱山に行ってこいと言ったんだ。もっと生産量を上げろとハッパをかけてこい。賃金も上げるからとな」

「ですが、すでに多くのひとが鉱山で働きづめです。一日二交代で朝から晩までダイヤを掘っていることを兄上はよくご存じではないですか」

「まだだ、まだ足りない。もっと人手が欲しい。町に行って、暇な若者や手の空いている老人も引っ張ってこい。みなをもっと働かせろ」

「そんな——」

民をまるで奴隷のように扱うなんて。さしものミハイルも眉をひそめ、ヨハンをひたと見つめた。上衣の襟を指で正し、「兄上」と声を落とす。

「……鉱山から掘り出せるダイヤには限りがあります。急いでしまえば、国が保たなくなる恐れもありますでしょうに」

「だからこそだ。その瞬間に備えて、いまから軍事力を上げておくべきだろう」

なんて破滅的な考え方をするのだ。我が兄ながら呆《あき》れてしまう。

つまり、ダイヤを掘り尽くしたら、他国に攻め込めということだ。なぜそこまで好戦的なのだろう。平穏に暮らしていくことが退屈なのだろうか。

「兄上、どうか落ち着いてください。いまのダイヤモンド鉱山は全部で四つ。一日の生産量はどこも八十パーセントと高い数字を出しています。このあとも十分な時間をかければよりよいダイヤを掘り出すことができるはずです。いまここでみなを急がせるのは事故にも繋《つな》がりますし、ダイヤを傷つけることにもなりかねません。お考え直しては……」

「口答えするな。おまえは俺の弟だろう。言うことを聞け！」

まばゆい白いジャケットを着た兄に高圧的に言われ、ミハイルは口をつぐんだ。

これ以上言い合うのは得策ではない。兄は、自分の意見を翻すことを嫌がる男だ。

仕方なくミハイルは手紙を急いで書き終えて側近のカイザーに渡したあと、彼とともにフードのついたマントを羽織って馬に乗り、町に出ることにした。

鉱山は、雨の日は仕事が休みになる。地盤が緩んで危険だからだ。そちらは、明日晴れたら向かおう。

町へと馬を向けると、雨でも民は活気にあふれていて、かいがいしく自分たちの仕事をしている。傘を差し、子どもの手を引いて買い物をしている女性。軒先に新鮮な野菜や果実、花を並べて売る商店。

雨でも穏やかに過ごしている我が民を見ていると、こころが和む。

町を一望する広間に馬を止めると、隣のカイザーが「みなのもの！」と声を張り上げる。

「雨の中、すまない。ヨハン様からのお言葉がある。集まれ——そう、集まってくれ」

買い物中の民がなにごとかと傘を傾けながら集まってきた。店の者も急いで出てくる。

カイザーからの視線を受けて、ミハイルは深くかぶっていたフードを脱いだ。雨に濡れてしまうが、それは民も一緒だ。

ちいさな子どもまでも真面目な顔で、馬上のミハイルたちを見上げている。

「第一王子ヨハンからのお言葉です。ここにいる者で、体力がある者はいますぐ……ダイヤモンド鉱山への出向を……」

ミハイルはそこまで言ったものの、先が続かない。

ダイヤモンド鉱山への出向を命じる。働くんだ、この国のために。

第二王子としてそう言わなければ。

だが、心配そうに見上げてくる民の顔を見ていると、胸がしだいに熱くなり、ミハイルは手綱を握り、ゆるく頭を横に振った。

兄上の言いなりになっていたら、いつまでも現状を脱することはできない。

刃向かいたい。兄上に対して不遜なことを思う自分を少し驚く。以前だったら、なにも口答えせず、操り人形のように動いていた。だが、マリエを愛する中で、ミハイルは自分の中の欲望と向き合うことになった。それは、正直なものでもあったが、醜くもあった。

彼女への激しい執着については、胸を張って言えるものではない。それでも、マリエを愛する強さを手に入れたミハイルは、いま、自分になすべきことがなにか、冷静に見極める力をも養うことができた。

兄上の独裁で、民たちを疲弊させてはいけない。彼らはみな、これからのスラシュアを背負って立つひとびとだ。ひとりひとりが、大切だ。そのこころをなくしてしまったら、彼らに支えられている王家はいつか滅びる。

「――いや、なんでもない。今日はただ、みなの様子を見に来ただけです」

「ミハイル様……」

「雨の中、ご苦労様。花祭りはもうすぐです。風邪を引かないように気をつけて」

ヨハンの言葉を呑み込んだミハイルに、カイザーがそっと声をかけてくる。ミハイルはちらりと視線を交わし、いいんだとでも言うように頷いた。

みな、ほっとした顔で頷き合い、ミハイルたちに感謝の顔を向けている。愛国心の強い、いい民ばかりだ。

鉱山で日頃働いている者も、今日は恵みの雨で家でゆっくり身体を休めていることだろう。みな、やるべきことをやっている。国の軍事力を上げたいがために民を疲弊させることはできないと腹を決め、ミハイルはカイザーとともに城へと戻ることにした。

「……私はミハイル様の味方ですぞ」

ぬかるみの中、ゆっくりと馬を歩かせるカイザーが隣に来て言う。

「ありがとう。兄上には怒鳴られるだろうけれどね。……でも、それが僕の役目だ。みんなにこれ以上の苦労はかけたくない。いまでも十分国は潤っているんだ。過ぎた欲望は身を滅ぼすよ」

「ですな。ヨハン様は吸引力がありますが、いささか強引です。どうなりますやら……。それはそうと、ヨハン様への釈明には私も立ち会いましょう」

「僕だけでも頑張るよ」

「ミハイル様は正直なお方。雨に濡れたみなをこれ以上働かせることはできないと正直に打ち明けても、ヨハン様はご納得されませんでしょう。……お任せください。私にいい策がありますす」

「きみに迷惑をかけられない」

「あなたのお役に立てることがなにより嬉しいのです。家臣としては当然のこと」

自信を持って頷《うなず》くカイザーが頼もしい。

ならば、とミハイルは前方に見えてきた雨に煙る城に向かって馬を走らせる。

「雨なのにごめんねミナフ、乗せてくれてありがとう」

馬のミナフのたてがみを撫でながら言うと、やさしい目がちらっとこちらを向く。ほんとうに賢くていいパートナーだ。

城に入り、濡れたマントを脱ぐ。石造りの城だが、雨には強く、あまり湿っぽくならないのがありがたい。

ミハイルはカイザーをともなって兄の部屋を訪ねた。

だが、執務室では兄がちょうど侍女を膝の上に乗せているところだった。

「兄上……！」

「おまえか。なんなんだ、いいところを邪魔しやがって」

熱烈なラブシーンの真っ最中だったことにミハイルは顔をしかめたものの、慌てた侍女を追い出すヨハンは平然としている。奥方と愛人を持っているのに、まだ不満なのか。

「どうだ、みな納得したか」

「――ええ。いまの平和な暮らしを続けていくことに、誰もが少しずつ納得してくれました」

「……なに？」

反旗を翻したことを敏感に感じ取ったヨハンが、ぎらりとした目を向けてくる。兄のこうした勘の鋭いところは、あまり嫌いではない。頭がいい証拠だ。ほんとうだったらもっと尊敬して、支えていきたいのに。

「どういうことだミハイル。おまえは民を説得しに行ったんじゃないのか」

「それは」

「――お言葉ですが、ヨハン様。町ではいま、ひそかに原因不明の病がはやっているのです。感染力が高く、鉱山ではばたばたと労働者たちが倒れているのだとか」

進言するカイザーに、ミハイルは隣で目を剥《む》く。

そんな話は初めて聞いたのだが。

なにか言おうとしたが、カイザーがかすかに目配せしてくる。

そのことで、――そうか、彼がこの場をどうにか切り抜けるために作り話をしているのかと察した。

ヨハンは真剣な面持ちだ。

「病とはどういうものなんだ」

「三日三晩高熱が続き、全身に赤い発疹《ほっしん》が出るそうです。大変なかゆみをともない、足はまるで丸太のようにふくれ上がり……」

そこまで言うと、ヨハンの顔が青くなる。

昔から、ヨハンは大の流行病《はやりやまい》嫌いだ。己が健康に生まれついたからか、身体が弱い者や病に伏している者を遠ざける節がある。

強引な男ではあるのだが、意外なところで気が弱い。

ずいぶんと昔の話だが、このスラシュアで奇妙な流行病が民を悩ませたことがあった。全身赤くただれてしまい、痛みはないのだが、見た目がひどいということからも、一時的に隔離施設ができたほどだ。

スラシュアは大陸にある小国だから、どこからでも感染源が入ってくる恐れがある。先代の王――つまりミハイルたちにとって祖父である王も、この赤い病に襲われた。幼い頃のヨハンはそれを強く覚えていて、いまでも恐れているのだろう。

「顔にいたっては瞼が開かなくなるほどに腫れて、しかも指の一本一本も……」

「もう、いい。もういい。それ以上は言うな。……そんなにひどい病がはやっているなんて初耳だぞ。すぐに隔離しなくていいのか」

「幸い、現在は鉱山の労働者たちだけの間ではやっているそうです。陽に当たれず、地中に長くいるからかもしれませんね。いかがですか。ここで少し彼らに休みを与えて、完治をさせては。鉱山の拡大はそれからでも遅くありません」

ミハイルが引き取ると、ヨハンはため息をつく。

「流行病か……しかしそろそろ花祭りだぞ、大丈夫なのか」

「ええ。病人たちもだいぶ快復してきているようでしたから、祭りに差し障りはありません」

「兄上が花祭りの指揮を執ってくださ い。僕は、病人たちの世話をしてきますから」

「……おまえにも移るかもしれないんだぞ」

ヨハンが上目遣いに言うので、内心可笑《おか》しく思いながらも、「大丈夫ですよ」と言い添えた。

「しっかり防護して行きます。でも僕は、なぜだか昔から流行病とは無縁ですから」

「俺に移すなよ」

ふいっと顔を背けるヨハンに、なんとか納得してもらえたとカイザーとともにちいさく頷き、部屋を辞去しようとしたときだった。

いいことを思いついたとでも言うような顔で、ヨハンが両手を顎の下にあてがい、机に肘をつく。

「――そうだ。明後日の土曜は、久しぶりに狐狩りに行くぞ。ミハイル、おまえもついてこい」

「僕、ですか？」

ミハイルは目を丸くし、部屋の外に向かいかけていた靴のつま先をヨハンに戻す。

「なぜまた急に」

「花祭りで、美しい狐の毛皮を肩にかけたくてな。ほら、西の森に、立派な賢い銀狐の雌がいるだろう。あれを仕留めたい。おまえも来い。カイザーも」

「……は」

正直、狩りは苦手だ。生きているものを仕留めて飾りにするなんて、傲慢すぎる。

だが、ヨハンは譲らなかった。

鉱山のことを諦めさせたばかりなのに、ここで反旗を翻すのはよくない気がする。

どう言えば断れるだろうかとあれこれ思案したのだが、いい案が浮かばない。

息を吐き、ミハイルは眉を曇らせながら頷く。こうなったら、当日は銃の焦点をずらしまくるしかない。

「……兄上のおっしゃる通りに。でも、もし仕留めるなら、その銀狐だけにしてくださいね。他のものたちはいたずらに狩らないでください」

「子狐や兎たちのことか？　いいじゃないか。ああいうちいさな動物に見事弾を当てるのはいい気分だ」

「兄上！」

「わかったわかった。明後日の朝、八時だ。いいな。そうだ、マリエも連れてこい」

「マリエも？」

声がひっくり返ってしまった。

「マリエを？　なぜですか。狩りは男の遊びですよ」

「着飾った女がそばにいればやる気も出るだろう。毛皮を気に入るのは男だけじゃない。女も喜ぶはずだ。俺は奥方を連れていくから、おまえはマリエを連れてこい。せっかく町から呼ばれて城に来ているんだ。もうそろそろ母上のドレスは仕上がるんだろう？　最後にいい想い出を作らせてやれ」

そこまで言われてしまうと、嫌だとは言えない。

狩りに慣れないマリエは、そっとうしろに隠してあげよう。彼女を守るのが自分の役目だ。

「……かしこまりました」

頭を下げ、カイザーとともに部屋を出た。

装飾の美しい廊下を歩く間、何度もため息があふれる。

「狩りとは、また困ったことになりましたな。ミハイル様は大の狩り嫌いなのに」

「兄上は……たぶん意趣返しをしているんだと思う。おまえとふたりがかりで鉱山を諦めさせたから、僕をやりこめたいんだろうね」

「大丈夫ですか。私もお供いたします。ミハイル様は、マリエ嬢のことを」

「そうだね。僕がしっかりしなきゃ」

ふたりで明後日の打ち合わせをし、ミハイルはもう一度息を吐いて、今度はマリエのいる東の塔を目指す。

狩りに同行してもらうことを伝えるために。

せっかくなら、いい想い出にしてあげたいのだが。

第十章

その日は、朝から綺麗に晴れ上がった。雲ひとつない澄み切った空を窓の外に見て、マリエはふわりと微笑む。

土曜の朝、清々《すがすが》しく目を覚まし、急いで顔を洗う。

今日は、ミハイルに誘われて初めての狐狩りだ。なにを着ていけばいいのか迷ったが、女性たちは狩りに出ず、馬上から見守るとのことだったので、動きやすく可愛らしいブルーのドレスを着ることにした。

胸元の襞が上品な一枚で、シュトレン・ドレスの店長イライザが作ってくれたものだ。雨期の合間の晴れ間だから、陽射しも強くなるだろう。帽子も必要だ。

とりあえずドレスを着て髪をとかし、ほんのりとくちびるに紅を差す。

以前だったら素顔で針仕事をしていたのだが、この二か月ほど、美しい王妃のそばで過ごしていたせいか、少しだけ身綺麗にすることを覚えた。

丸くて金色、蓋には天使の絵が描かれたちいさなケースには、健康的な赤の紅が詰められている。

ドレスがだいぶ仕上がってきたことを確認した王妃から、昨日、褒美にもらったばかりだ。

『あなたも年頃の女の子。少しぐらい色気があってもいいのよ』

王妃に言われて、顔を赤くした。王妃から見たら、垢抜《あかぬ》けない女の子だと思う。お針子であることに一生懸命だったからべつに気にしないけれど、――でも、ミハイル様のためだったら綺麗になりたい、そう思う。

いつまでおそばにいられるかわからない。ドレスは、もう間もなく仕上がる。あとは表面の飾り付けや丈の調整ぐらいで、半月もかからないだろう。花祭りには間に合う。

花祭りが来たら、ミハイルともお別れだろうか。

そう考えると、胸にぽっかりと穴が開いたみたいになってしまう。

叫びだしてしまいたいほどに寂しい。

ミハイルに何度も抱いてもらって、女性ならではの感じ方も教わった。だけど、それだけではない。すがり付くように抱きついてくるミハイルに、深い愛情を感じていた。

愛している。ミハイルただひとりを。

――でも、ミハイル様は王子。私はただの町のお針子。どう考えても釣り合いが取れない。

お城にいた間の素敵な恋物語と思える日まで、どれぐらいかかるのかわからないけれど、とにかくいまは狐狩りだ。

トーストとスクランブルエッグをお腹《なか》に詰めて、鏡の前で帽子をかぶっているマリエの耳に、扉をノックする音が聞こえてきた。

「マリエ、おはよう。用意はできた？」

「ミハイル様」

扉を開けると、最愛のひとが笑顔で立っていた。グレーの軽そうなジャケットに襟の立った白いシャツ、スラックスも白だ。膝までのブーツは焦げ茶で、ミハイルのすらりと長い足を引き立てている。

「おはようございます。ミハイル様、とても素敵です」

「きみもとても可愛いよ。帽子をかぶっていたの？」

「はい。顎の下でリボン結びにしようとしていたんですけど、なかなかできなくて」

ふふっと笑ったミハイルが正面に立ち、帽子の両側から垂れるリボンを手にする。

「ちょっと上を見ていて。結んであげる」

言うなり、ミハイルは器用に長い指でリボンをきゅっと形よく結ぶ。それから、近づいていたマリエのくちびるに軽くくちづけを落とすと、にこりと微笑んだ。

「とても素敵だ。狐なんかよりも、きみのことをずっと追いかけていたいよ」

「ミハイル様ったら」

ふたりで笑い合い、部屋を出て厩舎《きゅうしゃ》へと向かう。

そこにはもうミハイルが可愛がっている愛馬のミナフが鞍《くら》をつけて待っていた。ヨハンや奥方、ミハイルの側近であるカイザーもいる。

「今日のマリエはミナフに乗っていいよ。僕はべつの馬に乗るから」

「いいんですか？　慣れた馬のほうがよいのではないですか？」

「僕は馬に馴《な》れてるから大丈夫。ミナフだったら、きみの言うことを聞くから安心して」

そう言って、ミハイルは厩務員《きゅうむいん》が連れてきた白馬にひらりと飛び乗る。

その洗練された仕草に、思わず見とれてしまった。

いまさらながらに、なんて格好いいひとなんだろう。

——これが、私が好きになったひと。

お別れする日が来ても、この誇らしさを抱けたことは絶対に忘れない。ミハイルを好きになってほんとうによかった。恋って、素敵だ。ときどき悲しくなるぐらいに恋い焦がれてしまうけれど、こんなにも誰かを好きになったことはない。嬉しくて、しあわせで、満ち足りていく。そこにひと匙《さじ》の寂しさがひそんでいたとしても、長い時を経てみればいいきっとスパイスになるはずだ。そう言い聞かせていないと、泣いてしまう。

カイザーの手を借りてマリエもなんとかミナフに乗せてもらう。

漆黒の馬の手綱を握って、ヨハンが近づいてきた。

「マリエ、狐狩りは初めてか？」

「はい。ご迷惑をおかけしないように気をつけます」

「狐狩りは俺がもっとも得意とするものなんだ。惚《ほ》れないように気をつけろよ」

鼻で笑うヨハンに、内心呆れてしまう。冷たくて、傲慢な笑い方だ。

すぐそばに奥方がいるのに。でも奥方はにこにこと笑っているだけで、気を悪くしたふうでもない。きっと、育ちがいいうえに、ヨハンのこうした言動には慣れっこなのだろう。

ともあれ、ヨハンを先頭に一行は森を目指して馬を歩かせた。

昨日雨だったから、草がきらきらと濡れて輝いている。

「綺麗だね、マリエ」

「ええ！　馬の上から見る景色も素敵ですね。……でも私、全然慣れてないから、筋肉痛になりそう」

「僕があとでマッサージしてあげる」

笑うミハイルと馬を隣り合わせてゆっくりと進む。あとについてくるカイザーやもうひとりの従者は、簡単なランチを運んできてくれている。

城から三十分もすると、こんもりと生い茂る森が見えてきた。緑の匂いを嗅ぐと安心する反面、以前、ミハイルと森の中で抱き合ったことを思い出して頬が熱くなってしまう。

隣をゆったり歩くミハイルも同じ想いのようだ。

ちらりと目が合い、可笑《おか》しそうだ。

「このへんだったな、雌狐どもの巣は」

舌舐めずりするヨハンが、素早く長い猟銃を取り出す。肩に構えるその勇ましい姿に目を奪われるものの、やはり怖い。

あの銃がもしもこちらを向いたら、と考えてしまう。

「静かにしてろよ、おまえら……」

馬たちも、ヨハンの言うことを聞いて物音ひとつ立てない。黄色のドレスを着た奥方は少し心配そうだ。

木陰に、白い影がさっと横切った。瞬間、ヨハンの猟銃が火を噴く。

ドンッ、と重い音があたりに響き、木の葉が舞い散る。

急いでヨハンが馬を駆け寄らせて木陰に下り立つ。

「なんだ、兎か」

ヨハンがぶら下げる白く可愛らしい兎が真っ赤に染まっていて、マリエは思わず目をそらしてしまった。残酷だ。生き物を狩るなんて。

ヨハンが求めているのは兎ではなく、銀狐だと言う。賢い狐のことだ。もう自身の危機を察してどこかに逃げてしまったのではないか。

――どうか、逃げて。どこかに煙のように逃げてしまって。撃たれる前に。

祈りたい気持ちでヨハンを見つめた。人間相手にも、彼は銃を突きつけるのだろうか。平然とした顔で、それこそ楽しげに。

捕らえた獲物を従者に引き渡し、ヨハンはもう一度弾込めをする。

いつも冷ややかで強引なひとではあるが、今日は特別だ。かける言葉も見当たらなくて、マリエはくちびるを噛む。

ミハイルも銃を持っていたが、構えることはしない。ぐっと奥歯を噛みしめ、兄の姿を見守っているようだった。その真剣な横顔に、マリエはそっと声をかけた。

「……ミハイル様は狩りをなさらないのですか？」

「僕は、狩りは好きじゃないんだ。……男らしくない？」

とんでもない、そんなミハイルだから好きになったのだ。

そう言いたくて一生懸命にかぶりを振ると、ミハイルはちいさく笑う。

「動物たちにだってこころがあると思う。怖いと思うこころや、嬉しいと思うこころがね」

「はい。私もそう思います」

ヨハンがふいに振り向き、「おい」と声をかけてきた。

「もう少し奥に行こう。狐はこのあたりにはいない。——ミハイル、来い」

「僕が……」

「おまえはおとり役になれ」

どこか試すような顔のヨハンは、口答えできない低い声音で言い置いて、手綱を引く。

冷徹な顔で、ヨハンはマリエたちにもぞんざいに言いつける。これでは、言い訳をしてミハイルのそばにいることもできない。

「おまえたちは少しこの場で待機していろ。狐のやつ、かならず仕留めてくるぞ」

「ヨハン様、どうぞお気をつけて」

奥方が心配そうな顔で言う。彼女とともに残ることになったマリエも心配でならない。

いま、ミハイルをヨハンとふたりきりにしたくないのに。

だが、次期国王の命令は絶対だ。抗《あらが》えるはずもないので、マリエはカイザーの手を借りて馬を下り、その場で少し休むことにした。

「待っていて、マリエ。すぐに戻ってくるから」

ミハイルが安心させるように微笑みかけてきて、頷く。馬上から伸ばされたその手をそっと掴み、マリエも、「行ってらっしゃいませ」と声をかけた。

「どうぞお気をつけて」

「うん、きみもね」

そうして、ふたりは森の奥へと消えていった。

猟銃を構えたままで。

第十一章

かさり、と葉を踏んで、ミハイルは馬を森の奥へと進めていく。一方で、前をいくヨハンの広い背中をじっと見つめていた。

抗わないほうがいい。おとなしくしていたほうがいい。

そう思うことが苦痛ではなかったはずなのに、なぜか胸が騒ぐ。マリエを愛する中で、ミハイルは強さを育んだ。人間として、守りたいものを守り抜く気持ちを養った気がする。だから、これまでのようにヨハンの言いなりになることはしない——そう思うが、いまはまだ黙っていたほうがいいだろう。

草葉を踏み分けていくヨハンが、横たわる木々が重なった場所で馬を止め、ゆっくりと振り向く。

「——ミハイル。俺になにか言うことがあるんじゃないのか?」

「……は?」

感情を欠いたような顔の兄上を見つめ、ミハイルも馬の足を止めさせた。

いきなり、なにを言い出すのだろう。

「どうしたのですか。兄上、突然」

「率直に言おう」

ヨハンがゆっくりと振り向く。男らしい顔立ちに、皮肉気な笑みを浮かべていた。

「おまえ――俺に嘘をついたな？」

「な……、なにを」

恐ろしいほどに低い声だ。

その目は銀貨のように鋭く、ミハイルをまっすぐ射貫く。たじろいだミハイルは手綱をぎゅっと握り、動揺を面に出さないようにするので精一杯だ。

「なにをおっしゃるのですか、兄上」

「ごまかすな。鉱山で恐ろしい流行病が広がっている――そう言って、おまえは俺を騙《だま》したな」

「……っ」

どうして、それを。口に出したら認めることになる。真っ青になったミハイルは、ただただヨハンを見つめた。

「一度はおまえたちの話を信じたが……どうにも怪しく感じたのでな。使いを出して、鉱山を当たらせた。するとどうだ。みな、叩《たた》いても死なないほどに元気で仕事しているではないか。

――なぜ俺を騙した、ミハイル。俺は嘘がなによりもきらいだと弟のおまえだったらよく知っているはずだ」

確かに、嘘をついた。必要な嘘ではあったのだが、言い逃れすることはできない。

ミハイルは馬上でうつむいたものの、ひと息ついて、顔を上げた。

「兄上をお止めしたかったからです。不要な力でみなを疲れさせてはいけないと思って……」

「弟の分際で口答えするな！」

発砲は、いきなりだった。ドン、と腹に響く音に目を瞠《みは》るなり、耳の横を空気が切り裂く。

ヨハンの撃った弾は、背後の大木の枝を貫いた。

嘘をつく、口答えをする。このふたつが、ヨハンのもっとも嫌うところだ。

いま思い出したところで、この場を逃げ出すこともできない。

ミハイルはヨハンの眼光に射竦《いすく》められ、せめて馬が怪我《けが》をしないように逃がしてあげなければと下りようとしたが、また撃たれた。

「兄上……！」

「逃げるなよ、ミハイル。俺は気が立ってるんだ。狐代わりに撃たれたくなかったら、その場に跪《ひざまず》いて許しを請え」

猟銃を構えて狙いを定めてくるヨハンを真っ向から睨《にら》み据《す》え、ミハイルも息を呑む。

こうなったら、自分も銃を向けるべきか。弾は込めてある。威嚇射撃だけして逃げてもいい。

ヨハンを撃つなんてことはしない。一瞬の隙を作るだけだ。

そう思うのだが、どうしても銃を構えることはできない。

誰かを的にする、その考えを持ちたくないのだ。

ミハイルは速やかに馬を下りると、馬上のヨハンを見上げた。

「……嘘をついたのは、確かです。兄上を止めたかった。あなたはそのままでも力のある王になれるのに、過ぎた願いを抱く。そのことが民にとって大きな負担になるとわかっていながら。だから、嘘をつきました」

「よく言った。であれば、腕や足の一本、俺にくれてもよかろう。それから、あのお針子の女もな」

くくっと笑った兄上に、ミハイルの頭の中が急速に熱くなる。

なにを差し出しても構わないが、マリエだけはだめだ。

——あの子だけは、僕のものだ。

ヨハンが目を細める。

「だめです、兄上。彼女だけは僕が……！」

声を張り上げたときだった。

「——ミハイル！」

ヨハンの猟銃が火を噴いた。

第十二章

森の奥に行った兄弟を待つ間、少し休みましょうと誘いかけてきたヨハンの奥方に頷いて、マリエも馬を下り、奥方やカイザーとともに木陰に腰を下ろした。

小鳥がさえずり、とても気持ちいい。

「今日はとても嬉しいの。ヨハン様が私を外に連れ出してくださったから」

奥方の嬉しそうな笑顔に、マリエも微笑んで頷く。

ヨハンのことは好きになれないが、彼とて次期国王、多忙を極め、家庭を顧みずに国政に打ち込むこともあるのだろう。そんなヨハンのために、奥方は手を尽くしている。その献身的な姿勢に胸を打たれ、彼女のドレスの裾が土に汚れないようにと、マリエは彼女を手伝い、綺麗な草葉の上に座ってもらった。

先ほど大きな音が背後で響いてびくりとした。カイザーも顔を上げたが、森の奥から誰も出てこなかったので、そのままランチの準備に勤《いそ》しんだ。きっと、ヨハンが撃ち損ねたのだろうとでも思って。

だが、二度目の銃声が鳴り響き、「――ミハイル！」と怒声が響いてきたことで、マリエは顔を強張らせてざっと立ち上がった。

森の奥。ミハイルとヨハンが争っている。

ふたりは銃を持っている。

カイザーも慌てて駆けていく。こんなとき、長いドレスが嫌になる。躓《つまず》いてしまいそうだ。

「ミハイル様――ミハイル様！」

木々が立ち込める場所を抜けて、森の奥、開けたところに出たとたん。

憎しみに目を吊り上げたヨハンが、ミハイルに銃を向けていた。

「危ない！」

なにも考えられず、マリエはとっさにヨハンが狙い定める銃口の前に躍り出た。

刹那。

三度目の鋭い銃の音が森中に響き渡った。

残響が、どこまでもあとを引く。

鳥たちがばさばさと飛び立ち、森を騒がせる。動物の鳴き声もした。

――撃たれ、た……。

真っ青になったマリエは、瞼《まぶた》をぎゅっと閉じる。

怖くて、胸が痛くて、目が開けられない。

どれぐらい、時が過ぎたのか。

静かすぎる空間の中で、怖々と瞼を開ける。

ヨハンの猟銃で撃たれたはずなのに、どこも痛くない。あまりの恐怖に、痛みを感じたと錯覚を覚えたようだ。

だが、目の前にはミハイルの背中があった。

かばったはずなのに、ミハイルが寸前で飛び出し、マリエを背中のうしろに隠したのだ。ミハイルを助けるつもりだったのに。傷を負うのは自分でよかったのに。悲鳴にならない声が口から熱い息になって漏れ出ていく。

その肩がじわりと赤く染まり、ミハイルの身体がぐらっと傾《かし》ぐ。

「ミハイル様！」

「――ミハイル！」

奥方の悲鳴。ヨハンの大声。隣のカイザーが顔を強張らせている。

マリエは声にならない叫びを上げていた。

ミハイルが、撃たれた。

ヨハンの銃で。

「ヨハン様！　銃をお収めください……！」

カイザーが馬を下りて駆け寄り、従者たちとミハイルを抱き留める。

マリエも慌てて背中を支えた。あまりのことに帽子の顎紐が解けて落ちてしまったが、構っていられない。

「ミハイル様、しっかりして！」

瞼を閉じたミハイルの左肩は血で染まり、どす黒く見える。

つらそうに息をしたあと、ミハイルはゆっくりと瞬《まばた》きする。

よかった、生きていた。

「マリ、エ……きみ、は……大丈夫？」

「無事です。怪我ひとつ負ってません。あなたがかばってくれたから」

「よかった……女の子に怪我させたらいけない、からね……」

ミハイルは笑うものの、息が浅い。

「なんてことを……ヨハン様、あなたの弟君ですぞ。銃を向けるとは！」

カイザーのなじる声に、馬上のヨハンは顔を固まらせたままだ。

どこか放心したような顔にも見える。

「いくらご兄弟とはいえ、このようなむごい仕打ち、黙っておくことはできません。国王陛下のお耳にも入れて――」

激怒するカイザーに、だが、ミハイルはつらそうに瞼を開け、「およし」と従者の腕を掴む。

「ミハイル様……」

「違う、んだ……兄上は、狐を撃とうとしたんだよ。僕のうしろにいたから……ただ、少し弾がそれた、だけ……」

嘘《うそ》だ。そんなの、やさしくてずるい嘘だ。

マリエはいまにも叫んでしまいそうだが、もっと痛くてつらいのはミハイルだと思い直し、ぐっとお腹に力を込める。ここで泣くわけにはいかない。

取り乱してしまいそうなのを必死に堪え、カイザーが万が一のためにと用意してきた救急用具で手当するのを手伝った。

ジャケットを脱がせると、出血がひどい。止血するためにカイザーから渡されたガーゼを肩に押し当てる。

消毒薬をつけてはいるが、こんな森の中だ。雑菌が入らないうちに、城に戻ったほうがいい。

「弾がかすったようです。早く城に戻って医師に診せましょう」

傷口は怖くて正視できなかったけれど、弾が肌を抉っていることはわかった。どくどくとあふれ出る血の温かさがミハイルの生きている証だと思うと、早くどうにかしてあげたい。

「どうやってお城に帰りますか？」

「私が馬にお乗せして一緒に帰ります。マリエ嬢もご一緒に」

「参ります」

カイザーと従者たちでふらつくミハイルを馬に乗せていると、茫然《ぼうぜん》とした様子のヨハンがゆっくりとこちらに近づいてきた。

思わず、きっとしたまなざしを向けるマリエに、だがしかし、ヨハンは咎《とが》めることなく、うつむいている。

「……避けると……思ったんだ」

ちいさなちいさな呟きに、奥方が気遣って馬を寄り添わせる。

「あなた、すぐにお城に戻りましょう。いまはミハイル様が心配です」

「……そう、だな」

マリエは固唾を呑み、馬上のミハイルを見つめる。

——私の命を分けてもいいから、どうか、どうかミハイル様がご無事でありますように。神様、どうかお願いします。


怪我を負ったミハイルを連れた一行は、すぐさま城に戻った。肩を抉って真っ赤に染めた第二王子の姿に門番たちは一様に顔色を変え、「ご無事ですか」「ミハイル様！」と口々に声をかけてきた。みな、第二王子の思わぬ怪我に顔を青ざめさせている。

誰もが、ミハイルを案じているのだ。

マリエも胸をやきもきさせながら、自分にできることの精一杯を務めた。馬からミハイルを下ろすのを手伝い、担架に乗せる。そのあとは従者たちが代わってくれた。

「マリエ嬢、ドレスが汚れてしまいましたね。一度着替えてからお部屋にいらしては」

「でも、でもミハイル様が」

「大丈夫。弾はかすっただけのようでしたから、すぐに医師に診せましょう」

カイザーの言葉に励まされて、マリエは血だらけのドレスを見下ろす。

いまはずっとミハイルのそばにいたいけれど、この格好では申し訳ない。急いで東の塔に戻り、いつも着ている紺のドレスに着替えてから、もう一度ミハイルの私室を訪ねた。

中には、カイザーやヨハン、奥方に、白いひげをたくわえた医師がいた。

医師はてきぱきとミハイルに処置を施し、清潔な包帯で患部を覆ってから、みなを振り向いた。

「心配なさるな。幸い、弾はかすめただけです。肩の一部がえぐれていますが……、傷跡が塞がるのを待つだけですよ。ミハイル様、返事はできますか」

「……っ、うん」

ベッドに寝かされたミハイルは上体を裸にされ、左肩には真っ白な包帯が巻き付けられている。幾重にもガーゼを重ねたものを何度も取り替えるたび、じわっと赤く染まっていくのが可哀想《かわいそう》でつらい。

「ミハイル様……」

マリエの声を聞きつけて、ミハイルが視線を流してくる。

どこかほっとした顔だ。

「よかった……マリエ、きみが無事で……」

「……ありがとうございます。ミハイル様のおかげで、怪我ひとつしていません」

「しばらくは安静にしていることが大事です。だいぶ痛むと思いますから、薬だけは欠かさずに飲みましょう」

「わかった……。花祭りには間に合う？」

「まあ、ぎりぎりですかな」

「ミハイル様が祭りに来ないとみなが寂しがります。早くよくなってください」

カイザーの微笑みに、ミハイルも薄く笑う。

医者がひとまずの手当をして部屋を出て行き、ついで奥方も。カイザーも。

そして、部屋にはヨハンとマリエ、ミハイルだけが残った。

窓のそばに立ってずっとミハイルを見つめているヨハンに、マリエはためらい、自分も出ていこうかとしたのだが、軽く手を振って遮られた。

振り向いたヨハンの顔には、はっきりとした後悔の念が浮かんでいた。

「……どうして、わざと撃たれたんだ……ミハイル」

絞り出した声に、マリエもミハイルも目を瞠った。

ヨハンのこんなにも弱り切った声を聞くとは思っていなかったのだ。

「ヨハン様……」

「狐と間違えたふりをしたわけじゃない。おまえを撃ったのは、この俺だ。俺は間違いなくおまえに銃を向けて撃ったのに……。おまえは狐だと言い訳して……」

ヨハンは言葉を切り、うろうろと視線をさまよわせる。

しばらくそのまま黙っていたが、覚悟を決めたかのように視線を絡めてきた。

「おまえがずっと邪魔だった、ミハイル」

思いがけない告白に、胸が逸《はや》る。

怖いと思うのだけれど、こちらを見ているヨハンの目は落ち着いている。

精悍《せいかん》な相貌にふさわしくない胸の裡《うち》を聞かせてくれようとしているヨハンに、ミハイルとマリエは見入った。

「幼い頃から父上も母上もおまえばかり目にかけてきた。……なぜなんだ、俺とてスラシュアをいずれ率いる立場なのに……城の人間もそうだ。俺より、おまえのほうが人望がある。女たちだって、おまえのことを大事に想う」

「兄上……」

ミハイルの声が掠れている。

ヨハンが、まさかミハイルに嫉妬していたとは。誰に対しても不遜で、女性をいいようにあしらうヨハンが、弟のミハイルを羨んでいたなんて、マリエも気づかなかったことだ。

マリエは跪いてミハイルの髪をそっとかき上げてやり、勇気づけるためにもその手を握った。それを見て、ヨハンは少し羨ましそうな目をする。

「マリエもミハイルに惹《ひ》かれた女なんだな。俺のほうが見栄えはするのに、誰も彼も最後にはミハイルのほうを向く。……だから、殺してしまいたいと思った。いっそこの手で」

「……狐ではなく、僕を撃ちたかった？　兄上」

ミハイルが掠《かす》れた声で聞く。

身体を起こそうとしていることに気づき、慌てたが、なんとか手伝ってミハイルを枕に寄りかからせた。

「兄上」

ヨハンはうなだれ、目を合わせようとしない。

一度はその手で弟を亡き者にしようとした男とは思えないほどの落胆ぶりだ。

そのこころを占めるのは後悔なのか、絶望なのか。それとも憎悪だろうか。

「兄上、……僕は、兄上を愛しています」

静かな声が、胸に残る。

「ミハイル……」

ヨハンが驚いた顔をする。マリエもそうだ。

兄を苦手としていたミハイルの口から、愛を聞くだなんて。

だが、マリエとの逢瀬を重ねていく中で、男としての強さを育んだミハイルの声音はしっかりしている。

そして、その言葉に偽りはない。けっして。

「兄上と僕とではまるで性質が違う。臆病な僕に兄上はずっとお怒りだろうと思っていました。足手まといで、第二王子の役目もろくに果たせていない……面倒なことは兄上にばかり押しつけてしまっている。僕は、みなに愛されているというよりも、不憫《ふびん》に思われているのだと思います」

苦く笑うミハイルの大人びた表情から目が離せなかった。どこか自嘲的に言うけれども、本気で卑下しているのではないことはその声からもわかる。

「……でも、この国を支えていくのは、やはりあなたです。どんな場でも英断を下すのは、僕にできることではありません。兄上、僕はあなたが怖い。ためらうことなく僕に銃を向けるあなたの強さが怖いと思うと同時に、スラシュアを力強く引っ張っていく大切なお方だとも。だから――支えていきたい。僕のたったひとりの兄上だから」

「……おまえは……ばかなのか。俺に撃たれたんだぞ」

ヨハンの低い声に、ミハイルは痛みを堪えて笑いかける。

「まっすぐ前を見て進んでいくのが兄上の美点ではありませんか。……たまに、行きすぎることもあるから、止めに入ることもありますが。これは、狐を追っていたうえでのただの事故です。そうお気になさらないでください。兄上、お顔……真っ青ですよ」

言われて、ヨハンは目縁《まぶち》を拳で拭う。その目が赤く染まっていた。

「……ミハイル、おまえは……」

じわりと涙を浮かべるヨハンに、マリエも胸を熱くする。

遠い隔たりと、深い溝のあった兄弟がようやく歩み寄ろうとしている。ミハイルが怪我を負ってまで示した愛情は、ヨハンにもきっと届いたはずだ。

「……おまえはほんとうにばかだな。……一時の激情に駆られたとはいえ……たいそう、すまないことをした」

噛み締めるように、ヨハンが呟《つぶや》く。

「俺は……たまに自分が抑えられない。激怒する悪魔のようになってしまうことが……ときどき怖い。だから真逆のおまえが疎ましくて、妬ましくて……そんな俺でも、おまえは愛してくれると言うのか」

「はい、兄上」

「ならば……また俺が怒りに我を忘れたときには止めてくれるか」

「かならず。あなたの弟として」

確かな成長を果たしたミハイルの言葉に聞き入っていたヨハンが、かすかに頷く。

その顔はまだ後悔と戸惑いが色濃く浮かんでいるが、どこかほっとした表情でもあった。そして、いささか疲れた目をしている。以前の、我が物顔で振る舞っていた彼とはだいぶ違う。

ヨハンの胸にも、確かに愛はあるのだろう。

「……俺も少し休もう。ミハイル、薬はちゃんと飲むんだぞ。……それと、まことにすまなかった」

正式な謝罪を受けて、ミハイルは「いいえ」と微笑む。強き者の鎧《よろい》を脱いだ兄の姿に胸を打たれたようだ。

ヨハンが部屋を出ていくと、マリエとミハイルのふたりきりになる。

静かな時間の中、ふたりは言葉を交わすことなく、ただじっと見つめ合っていた。

先に沈黙を破ったのは、ミハイルだ。

「……マリエ、愛してるよ」

言い含めるような言葉に、マリエは目を瞠り、頷《うなず》いた。

「っ、……はい、ミハイル様。私も、あなたを愛しています」

こころのこもった愛の言葉が嬉しくて、こぼれるままに涙を落とす。頬を伝うミハイルの指が心地好い。

生きていて、ほんとうによかった。ミハイルが無事でほんとうにほんとうによかった。

もしも彼が死んでいたら、あの場で自分もあとを追っていたに違いない。

そう言うと、ミハイルは可笑しそうだ。

「奇遇だね、マリエ。僕もきみのためなら死んでもいいと思っていたよ」

「ミハイル様……」

「でも、不思議だ。ほんとうに死んでしまうかもしれないと思ったら、あがきたくなった。もっとマリエと過ごしたい。話したい。一緒にいろんなことがしたい……そして、一緒に年を取っていくんだ。……マリエ、ずっと僕のそばにいてくれる……？」

薬が効いてきたらしい。

眠そうなミハイルの声に、マリエは微笑み、「ずっと」と囁《ささや》いた。

「おそばにいさせてください、私のミハイル様。……あなたが生きていてほんとうによかった……」

「うん……そう、……だね」

マリエが見つめる中で、ミハイルはしあわせそうな顔で瞼を閉じる。

できれば、少しでもその痛みが軽くなりますように。いまの自分には祈ることしかできないけれど、再びミハイルが目を開けたときそばにいるのがいちばんの特効薬だろう。

「愛してます。あなただけを、永遠に」

誓うように、囁いた。

第十三章

半月も経《た》つと、ミハイルの肩の怪我はだいぶよくなり、戸外にも出られるようになった。よくよく考えても、弾がかすめただけというのは幸運だったとふたりで話し合った。

「あんな至近距離で撃たれたんだから、もう死んだと思ったよ」

「私も頭の中が真っ白になってしまって……こうしてまたお元気になって、ほんとうによかった」

まだ服の下に包帯を巻いているミハイルと一緒に、今日は馬のミナフに乗せてもらって、ふたりで久しぶりに森へとやってきた。

花祭りは、今度の日曜日。無事に王妃のドレスも仕上がり、マリエは城でのわずかな日々をミハイルと過ごしていた。

いつ、どんな形で城を出ていけばいいのか、わかっているようでわかりたくない。

午後の陽射しが降り注ぐ森の中にミナフを進め、前方に見えてきた小屋のそばで足を止めた。

先に下りたミハイルの手を掴《つか》んで、マリエも地面に下り立つ。ふわりとピンクのドレスが広がって、ミハイルを微笑ませる。

「可愛いよ、このドレスよく似合う」

「王妃様にも褒めていただきました。似合うんだからもっと女の子らしい格好をしなさいって」

「僕もそう思う。いつもの紺色もよく似合うけどね。マリエはピンクは嫌い？」

「いいえ、大好きです。でも、お針子だから、お客様を引き立てたいなって」

手を繋《つな》いで、小屋へと向かった。ミナフは機嫌よさそうに背後で草を食《は》んでいる。

すると、ミハイルは小屋の階段の途中で足を止め、いたずらっぽい目を向けてきた。

「ピンクも紺も、きみに似合わない色はないよ。ねえマリエ、僕のために白い衣装を着てくれないかな」

「白ですか？　でも、汚れちゃうかもしれないし……」

めったに白は着ない。掃除のときにも気になってしまうし、食事時に汚してしまったらあとでしみ抜きをするのが大変だ。

まことお針子らしいことを考えているマリエに、ミハイルは可笑《おか》しそうに口元をゆるめる。

「特別な白だよ。マリエ、みんなの前で愛を誓うときに僕のためだけに白い衣装を着て欲しい……この意味、わかる？」

にこりと微笑まれて、マリエは言葉を失った。

もしかして。

もしかして。

――まさか。

「ミハイル様……それって、……それ、は……」

「僕の花嫁になってくれるよね、マリエ？」

花嫁、という言葉が何度も何度も鐘のように頭の中で鳴り響く。

両手をミハイルに握られて、小屋に上がる前に抱き締められた。

「ミハイル様……」

すっかり男のひとらしくなったミハイルが綺麗な形のくちびるに笑みを刻む。

「ですが、私はただのお針子です……。ミハイル様とは立場が違いすぎて」

「確かに立場は違う。生まれ育った環境も違う。だったら、僕が王位継承権第二位を退いて、きみのところに行ってもいいんだよ。僕はきみとこれから一緒に過ごしたい。ずっとね」

ミハイルの本気を感じて、言葉が見当たらない。

出会った頃はよく口ごもり、目も合わせてくれようとしなかったミハイルだったが、数か月でほんとうに素敵になった。

――もともと、とても素敵な方だけど。

胸の中で付け足して、マリエはまっすぐミハイルを見つめる。

ひと言も聞き漏らしたくない。

「怪我をしたとき、真っ先にきみのことを考えた。きみをしあわせにする前に死ねないと思ったよ……。僕のマリエ、きみとは毎日を分かち合いたい。これから先も愛し合っていきたいんだ」

誠実なミハイルらしい、飾らない言葉が胸の真ん中に入ってくる。

嬉しくて、身体がふわふわする。

なんだか夢を見ているみたいだ。

「どう、して……私なんか、ただのお針子……なのに。しかも、見習いですよ？　半人前……なのに」

熱い涙が浮かんできて、ミハイルの胸にすがり付《つ》いた。

まだ、ほんとうのこととは思えない。

ミハイルの花嫁——そんな素敵なものになれたらどんなにいいだろう。何度か考えたことはある。あるのだが、あまりに過ぎた願いだと思っていた。貴族の娘でもないし、町の小娘でしかないのに。

いままでに悩んだ時間が頭の中を駆け巡る。

怖《お》じ気《け》づく気持ちはまだあるけれど、ミハイルを永遠に失いそうになった日のことを思い出すと、この一瞬が尊いものに思える。

ならば、勇気を出したい。

ミハイルについていく強さを持ちたい。

「私、……ミハイル様に水をかけてしまったんですよね」

「ふふっ、そうだった。あのときから僕はきみに参っていたよ。もっと言うと、僕の誕生日のパレードのときに馬車の中からきみを見かけて……その笑顔にずっと恋い焦がれてきたんだ。だから、シュトレン・ドレスを訪ねた。そして、きみに水をかけられて、よけいに好きになった。もう離れることなんか考えられないよ……僕の人生においで、マリエ。かならずしあわせにしてあげるから」

ミハイルの言うことなら、絶対だ。

かならず、最高のしあわせが待っている。

笑おうか、泣こうか。迷った末に、マリエは泣きながら笑い、「……はい」と頷いた。

「私のような者でよければ……ずっとお仕えします。ミハイル様。私だって、あなたのことが好きで好きで、夢にまで見たぐらいなんですから」

「光栄だ。マリエ、来て。きみのすべてが欲しい」

ちいさな小屋の扉を開けて、ミハイルが甘やかなキスを仕掛けてくる。

こころが通じ合った温かいくちづけに、マリエも微笑んで背伸びをした。

「ミハイル様……」

マリエの声が、甘やかに溶ける。柔らかな午後の陽射しが射《さ》し込《こ》む小屋で、マリエは丁寧にドレスを脱がされ、純白のドロワーズだけの格好になっていた。

「マリエのおっぱい、……今日も可愛い」

ベッドに腰掛けたミハイルはマリエを正面に立たせて、ふたつのふくらみを愛おしそうに揉む。その手つきには余裕があって、以前の切羽詰まったミハイルとはまったく違う。少し意地悪で、愛情はたっぷりで、マリエも溺れてしまいそうだ。

「やっん、指の、痕……ついちゃう……」

「つけたっていいよね。だってもう、きみは頭のてっぺんから足のつま先まで僕のものなんだから」

手の中のふくらみをやわやわと揉みしだき、ミハイルはぷっくりと尖《とが》る乳首にちゅっとくちづけてきた。

「――ん……っ！　あ、あぁ……」

ミハイルの手の中で、マリエの胸はマシュマロのようにふわふわと形を変え、しだいに色づいていく。もともと肌が白いせいか、愛撫《あいぶ》で赤く染まると目にも艶やかで淫靡《いんび》だ。

「おっぱい、美味《おい》しいよ……マリエ、こりこりになってる」

右、左とミハイルは乳首を吸って、下から乳房を持ち上げ、きゅっきゅっと揉む。そこからじんわりとした疼《うず》きが生まれて、膝が震えてしまう。まだ触られたばかりなのに、感じすぎて恥ずかしい。

必死に声を殺していると、ミハイルは可笑しそうに「どうしたの？」と言いながらじゅうっと乳首を強めに吸う。

「あ……っや、……ん、だって、私、ばかり……っ声、出ちゃ……」

「ひとりで感じてると思ってる？　僕だって、きみにくらくらして……ほら、もう、こんなだよ」

ミハイルの膝に座らされて、手を掴まれる。どうするのかと見守っていると、トラウザーズの上からミハイルの昂《たか》ぶりを触らせられた。

「あ……ッ」

「わかる？　マリエを抱き締めると、僕はすぐ反応してしまうんだ。きみのここに挿《はい》りたくて」

ミハイルが、ドロワーズの谷間に指をすべらせてきた。じゅわっと蜜が滲《にじ》んでしまうのは、気のせいだろうか。

「ん、……わた、し、も……ミハイル様を……感じさせたい、です……」

「……どうやって？」

「んっと……ここ、手で……触るとか？」

勇気を出してミハイルの性器をぎこちなく揉むと、軽い呻《うめ》き声《ごえ》が上がる。

「……上手だよ、マリエ。手でも十分感じるけど……そうだな、じゃあ、こうしようか」

言うなり、ミハイルはベッドに横たわる。小屋のベッドはシンプルなひとり用で、ふたりで寝るには窮屈だが、折り重なるにはちょうどいい。清潔なシーツに寝そべるミハイルが腰を掴んできて、マリエは彼の身体に逆向きに跨《また》がらされた。

「あ、……っ！」

ついで、ドロワーズも脱がされてしまう。

真っ白なお尻がミハイルの顔の上にあると思うと、顔から火が出そうだ。これは、相当恥ずかしい。まだ触られてもいない陰部が熱く疼き、蜜をとろとろとこぼしてしまいそうだ。

「お尻が震えてる。マリエ、そんなに僕の愛撫を期待してくれてるの？」

「いじわる……っ」

マリエはいやいやと頭を振るけれど、目の前にミハイルのものがあることを思い出して、ごくんと唾を飲み込みながらトラウザーズの前をくつろげていった。

「……ミハイルさま、おっきい……」

慣れない手つきで裸にしたミハイルのそこは根元からきつく反り返り、色も濃い。見るからに卑猥《ひわい》な形と色で、雄の匂いにくらくらしてしまう。

「舐《な》めてくれる？　マリエの可愛い舌でちゅってして」

「……はい」

マリエはこくんと頷き、大切なもののようにミハイルの肉竿を両手で捧《ささ》げ持《も》つ。しなる性器の先端からは透明なしずくが滲《にじ》み出《だ》していて、いまにもこぼれ落ちそうだ。

舌でそうっとしずくを舐め取り、太く浮き出した筋にもつつっと這《は》わせていく。

「っ……く、……」

ミハイルの艶《つや》やかな声が嬉《うれ》しい。自分でも、感じさせることができるのだ。

ちゅるっ、じゅるっ、と淫らな音を立てて懸命にペニスに奉仕するマリエは、自然とお尻を振ってしまう。そのことに気づいたミハイルがちいさく笑い、可愛くて丸いお尻を掴むと両側に押し拡げ、ひそやかなあわいに舌をぐぐっとねじ込ませてきた。

「ん――あ、……ッあん、あ、ん、っ舐めちゃ、……だめ……っ」

「蜜……美味しい」

じゅるりと舐め啜《すす》られて肉襞を鼻先でかき分けられると、それだけで達してしまいそうだ。

ミハイルの美しい顔が自分の秘部に当たっているのだと思うと、恥ずかしくて恥ずかしくて、感じてしまう。

「ミハイ、ルさ、ま……ぁ……っ」

「もっともっと感じてごらん。……ほら、マリエのクリトリス、大きくなってきた」

肉芽をくりくりと指で捩《ねじ》り上げられて、声が跳ねてしまう。快感の針が大きく振れて、マリエは掠れた声とともに絶頂へと押し上げられる。

「イ……っちゃ……っぁ、ぁ！」

びぃんと弦を強く弾くような快感は全身に響き渡り、頭の中までも痺《しび》れていく。

「マリエ……マリエ」

達したばかりで力が入らないが、マリエも懸命にミハイルのペニスを舐めていく。

張り出した亀頭でごりごり中を擦られると、いつもおかしくなってしまうほどに心地好い。肉襞を擦られながら、ぬぽっと引き抜かれる瞬間がたまらないのだ。

もう、マリエのそこはミハイルの形になってしまっているから、他のひとは愛せない。

ミハイルが蜜壺を指でかき回し、隘路《あいろ》を拡《ひろ》げていく。いつも指で愛されるときはとても窮屈で、そんなところに男性の性器が挿るなんてとても思えないのだが、時間をかけて蕩かされると、太くて硬い熱杭でずくずくと穿《うが》たれたくて、焦れてしまう。

お腹《なか》の底にまで響くほどの、ミハイルの硬くて熱いペニス。それが欲しくて、マリエはちゅぽちゅぽと口を窄《すぼ》めて舐《な》め回《まわ》し、最後に亀頭の割れ目にキスをする。

「っく、……だめ、だよ、マリエ……きみの中でイきたいんだから」

「……はい。ミハイル様、私も……」

ふわんと身体をベッドに投げ出すと、ミハイルが真剣な顔で覆《おお》い被《かぶ》さってくる。

「マリエはいけない子だね。僕を最初から惚れ込ませて、いまだにこころを奪い続けているんだから」

くすりと笑ったミハイルに見とれていると、じゅくっとペニスが肉襞を縦に擦っていく。剥《む》き出しのクリトリスまで亀頭で擦られて、またイってしまいそうだ。

「欲しい、……ミハイル様、おねがい……っ」

「いいよ、──僕の全部をあげる」

ミハイルが、ゆっくりと腰を押し込んできた。素晴らしく硬い竿が柔らかな内部に抉《えぐ》り込んできて、マリエはしなやかに身体をのけぞらせた。

「あッ、あん、硬い、ミハイルさま……っん、は──……や、や、すごい……っ」

「マリエ……熱いよ。どろどろになってるね……そんなに待てなかった？」

「ん、はい、もう、ッ、あなただけ……あ、う、刺さっちゃう……」

ずんっと深く挿入されて、ミハイルのものを根元まで飲み込まされた。苦しくて、お腹まで突き上げられている気がするのに、熱い淫汁があふれてしまうほどの快感に襲われる。

もっと揺さぶって、もっとねじ込んで欲しくて、マリエは声を嗄《か》らしながらミハイルの逞《たくま》しい腰に両足を絡めた。

「あぁ……っいい、……ミハイル様……気持ち、いいです……」

「ん、僕も……蕩けてしまう」

ミハイルが息を切らし、激しく突いてくる。男性器で擦られる心地好さを覚えたマリエの秘所はぬるぬるに濡れて、中で何度もミハイルを締め付けてしまう。

そうしろ、と言われたのではないのに、どうして感じ方を知っているのだろう。

それが不思議で、嬉しい。

ミハイルを愛しているからこそ、身体は正直に応えるのだ。

「ミハイル様の……奥、届いちゃ……っう……」

「ああ、そうだね……僕の精子、欲しい……?」

「ん、ん、いっぱい、欲し、い……っ」

自分でもなにを言っているのかわからない。ミハイルの熱いものを咥《くわ》え込まされて。大きく揺さぶられて。蕩《とろ》ける襞をごりゅごりゅと亀頭で擦られると、何度も何度も身体が震える。

ほんとうに、孕《はら》んでしまいそうだ。ミハイルの熱い精液で。

昂《たか》ぶるマリエの乳房に吸い付きながら、ミハイルが深く穿ってくる。中を上向きに貫かれて、マリエが背中に回した手に力を込めると、ミハイルもはっとひとつ息を吐きながら。「イく?」と聞いてきた。

「マリエと、一緒に……イきたい」

「ん、——はい、わたしも、ミハイル様といっしょ……っあっ、あっ、だめ、だめ、もお、そんな……ずんずん、したらっ、ぁ、イく……っイっちゃう……っ！」

両足の間に身体を割り込ませてくるミハイルが、ぐっと奥歯を噛みしめる。その美しくも男らしい顔に見とれるマリエは甘い声を響かせながら極みに達した。

瞼の裏で火花が散る。色とりどりの光が入り乱れてマリエを誘惑し、甘い陶酔感へと誘う。

「っく、マリエ、出す、よ……！」

「んんっ、あん、……っあ、……ぅふ、ぁ……あ……すごい、……濃い……っ」

ほぼ同時にミハイルも欲望を解き放つ。マリエの最奥、子宮口に届く場所にたっぷりと精液を撃ち込みながら、乳首を強く吸い上げてきた。どくどくとほとばしる熱い精液をじかに感じ取れるのがたまらなく嬉しい。

そんなことをされると、イったばかりの身体が敏感に反応して、繰り返し達してしまう。

「ミハイルさ、まぁ……ミハイル様……ぁ……っ」

あまりの快感に身体の震えが止まらない。

こんなにも気持ちのいい交わりをしてしまったら、この先どうなってしまうのだろう。いつだってミハイルが欲しくなっておかしくなりそうだ。

「よかった？　マリエ」

「は、い……まだ、頭がふわふわしてます……」

「僕もだよ。もう二度ときみを離さない。僕たちの関係をみなに話して、いずれきみを花嫁として迎えるよ。ねえマリエ、僕と一緒に暮らしたら、毎日このおっぱいを吸わせてくれる?」

ミハイルの甘えた声に、マリエは快感の余韻も忘れて、ついくすっと笑ってしまう。

「……甘えてください。私、ミハイル様のこと、もっともっと甘やかして差し上げたい」

「じゃあ、吸ってもいい? 乳首をくりくりって毎日してもいい?」

この胸に執着するミハイルが愛《いと》おしい。マリエはこくりと頷《うなず》き、ミハイルに抱きついた。

「……あなたなら、私、なにをされても構いません。たとえ、閉じ込められても」

「僕のことがよくわかってるね、マリエ」

ミハイルは可笑しそうに言って、今度は起き上がってマリエを膝の上に抱き上げる。弾みでずんっと奥まで刺さる肉棒の強さに、マリエは目を瞠《みは》った。

さっき、達したばかりなのにもう逞しい。

「ミハイル様……もう?」

「うん。もう、欲しい。きりがないほど、きみを愛したい」

微笑むミハイルがマリエの髪をやさしくかき上げ、ゆるく突き上げてくる。その淫らな律動に身を委ね、マリエもうっとりと目を閉じる。

好きで、好きで、どうしようもない。蕩けてしまうほどに愛し合えたら、本望だ。

甘やかに伸びていくマリエの声に、ミハイルが笑ってキスをしてくる。

信じられないほどに、いま、幸福だ。

終章

花祭りは大盛況のうちに終わった。マリエが作った王妃の花のように美しい濃いピンクのドレスにみなが見惚《みと》れたことは言うまでもない。

「あんなに華やいだ王妃様は久しぶりに見たわねぇ」

「ほんとうにお美しかった。またあんな素敵なお色を着て欲しいものだな」

町のひとたちの賛辞を、マリエは嬉しく聞いた。

王妃はたいそう機嫌よく、マリエに特別な報酬を持たせてくれた。

「次はクリスマスのドレスを縫ってちょうだい。おまえのその才能を、私は信じることにするわ」

ありがたい言葉にマリエは感激したのだが、隣にいたミハイルに肩を抱き寄せられた。

「母上、マリエは僕の花嫁ですよ。あまり酷使しないでください」

以前のミハイルとは違って力強い言葉に、王妃はおもしろそうな顔をしていた。

王子とお針子の恋。絶対に反対されるだろうと思っていたのに、意外にも王妃は泰然と受け止めてくれた。

「血筋よりも、家柄よりも大切なものがあります。マリエ、それがなんだかおまえにはわかる？」

「大切なもの……」

「愛情よ。誰かを深く、一途《いちず》に愛せるこころ。この国の民は、みなそれを持っている。だから、私たちがいる。――ミハイルとしあわせになりなさい。私と王のようにね」

「……はい、王妃様」

王妃の寛大なこころに感激し、マリエは涙ぐんだ。隣のミハイルも、微笑んでいた。

病床にある王も近頃は体調が戻ってきていて、このまま行けば近々民の前に姿を現せるとのことだった。カイザーが教えてくれた。親愛なる国王がお元気になられるのは、ほんとうに喜ばしい。

ヨハンはというと、やっぱり相変わらず強引なひとだ。王妃のドレスが仕上がった日、ミハイルと一緒に様子を見に来て、「これがおまえの作ったドレスか」と腕を組んでいた。

「はい、王妃様のためだけのドレスです」

「女は大変だな、男のために着飾る一生だ」

我が子の尊大な言葉に王妃は苦笑していた。

「そうして尽くしてきた女性からおまえは生まれたのですよ、ヨハン」

母親らしいたしなめに、ヨハンも言い過ぎたと思ったのだろう。「申し訳ございません」と頭を下げていた。

その姿は、以前と少し変わったように思う。

ただ周囲の者を振り回すだけだった暴君がこころの痛みを覚え、少しずつ成長していく兆しが感じられたことを、マリエも嬉しく思っていた。

これからのスラシュアは、ダイヤモンドという大きな内需の他に、隣国ハイトロアに教えを請うて、シルクとお茶を産み出していく。そのために、外交を任されたミハイルが持ち前のやさしさと誠実な対応でスラシュアの代表となり、ハイトロアをはじめとした各国とのつき合いを深めていくことになった。

スラシュアは、これからますます栄えていく。ちいさいけれど、愛情豊かな国として。

そうして、マリエは町に戻ってきた。懐かしいシュトレン・ドレスに。

すべては、ここから始まったのだ。

夏の朝靄《あさもや》が残る中、マリエはむくっと起き出して、眠い目を擦る。昨日の夜遅くにここへ戻ってきて、軽くおふろに入ったあと、倒れ込むようにして寝てしまった。

ベッドから下りて壁にかかる鏡を見ると、寝癖がひどくて笑ってしまう。

急いで顔を洗おう。そして朝食を食べて、お店を開ける準備だ。

店長のイライザ、お姉さんたちとは昨夜のうちに再会していた。みな、マリエがしっかりと務めを果たしたことを喜び、多額の報酬に目を瞠った。マリエはそれをイライザに渡そうとしたのだが、最初はなかなか受け取ってもらえなかった。

「だって私、こんな大金を持っていても怖いだけです。だから、店長にお渡しします。お店のために使ってください」

「それはだめよ。マリエ、あなたが懸命に働いて得たお金なのだから」

「でも……」

口ごもるマリエに、イライザは苦笑していた。

「では、そうね……このお金で、あなたのドレスを縫うことにしましょう。誰よりも美しく輝ける、花嫁のドレスをね」

「はい！」

そうなのだ。マリエは、この夏、ミハイルの花嫁になることになったのだ。シュトレン・ドレスにはその報告をイライザたちに伝えるため、荷物をまとめるために帰ってきたのだ。

王子とお針子が結ばれるという大ニュースは、まだいまは極秘裏とされているが、来週にはミハイルみずから発表するとのことだ。きっと、町は大騒ぎになるだろう。

マリエは楽しく笑い、赤い髪をとかして三つ編みにし、くるりとうしろでまとめる。それから紺色のドレスを身に着け、もう一度鏡をのぞいてチェックをすませ、外の空気を吸うためにお店の扉を思いっきり開いた。

そのとたん。

ゴツッと固い音が響いた。

なんだろう。

なんだか嫌な予感がする。

「いッ……た、……っ！」

「あ、あ、……ミハイル様⁉」

慌てて扉の陰を見ると、なんと黒尽くめの格好をしたミハイルがそこに立っていた。人目につかないように帽子を目深にかぶっている。四月に会ったときはマントを身に着けていたが、七月になったいま、それはなく、薄手の黒の長袖シャツにトラウザーズという格好だ。

ミハイルは苦笑いをして、額を押さえている。

「どうしてここに！」

「ごめん。驚かせて……。荷物があるなら僕が運ぼうと思って」

「もう、すぐに参りますのに」

マリエは可笑《おか》しくて可笑しくて笑い、そっとミハイルの額に手を伸ばす。まるで、出会った頃のように胸が弾む。

やさしくて、思いやりがあって、愛情深いミハイルだからこそ、ついていきたい。愛したい。

「大丈夫ですか？　強く打ち付けてません？」

「他のことを一切合切忘れて、きみのことしか覚えてないぐらいにね」

軽口を叩くミハイルに、マリエは熱い想いを隠せずに、背伸びをしてぎゅっと抱きついた。

まだ、朝も早い。誰も見てはいないだろう。

「中にどうぞ、……旦那様？　朝食はいかがですか？」

「うん、いただくよ。そのあとに、きみ自身も食べさせてもらおうかな」

茶目っ気たっぷりにウィンクするミハイルと仲よく手を繋《つな》ぎ、マリエは微笑みながら扉を閉める。

愛が生まれるのは、いつだってここからだ。

あとがき

こんにちは、蜜猫文庫さんでは初めまして。秀香穂里です。

今回は、お裁縫が大好きな町娘・マリエがヒロインで、お相手のヒーローは内気な王子様のミハイルです。出会いが出会いだけにラブコメっぽく進むかと思いきや、ミハイルがどんどん執着心を剥き出しにしていくので、ややヤンデレ風味にもなっています。

ヤンデレ、大好きなのです！　マリエが好きで好きでどうしようもなくて、自分以外の誰かに攫われることを考えたらいっそ……というような、思い詰めてしまうミハイルは書いていてとても楽しかったです。

思い通りにしたいわけではないけれど、自分だけのものでいて欲しい。誰にも見せたくないし、触れるのも目を合わせるのも自分だけにして、というヒーロー、いいと思いませんか？

マリエはといえばお姫様ではなくて、普通の町娘です。私たちに近しい存在として書きたいなと思ったのでした。序盤はミハイルよりも元気で前向きで、なにごとにも張り切るマリエがミハイルへの恋ごころを自覚したあたりから、しだいにエロティックな展開に……という感じです。

濡れ場、多かったですね！（笑）

私はエッチシーンを書くのがなにより好きなので、めちゃくちゃ張り切ってしまいました。とくにミハイルはマリエのおっぱいが大好きという（笑）最初はもっと普通に愛してあげる予定だったのですが、書けば書くほどミハイルのおっぱい好きが浮き彫りになっていくあたり、自分でも可笑しかったです。

この本を出していただくにあたり、お世話になった方々にお礼を申し上げます。

美しくも凛としたイラストで飾ってくださった、ウエハラ蜂様。

キャララフからやさしくてほのかに闇のあるミハイルと、可愛らしくて明るいマリエを見せていただけて感激でした……！　表紙のミハイルが格好良すぎて悶えました。白いジャケットと金モールを鮮やかに身に着けたこんなに素敵な王子が目の前に現れたら、恋に落ちるひとが続出してしまいますよね。この国のひとびとはみな、ミハイルとマリエの結婚式の肖像画を大事に持っていそうです。互いに初めての恋に落ちていくふたりと、それを囲むキャラたちを艶やかに描いてくださり、ほんとうにありがとうございました。大切な一冊になりました。

担当様。お声をかけていただいてから長い時間が経ってしまいましたが、ようやく書くことができてとても嬉しいです。今後ともなにとぞよろしくお願い申し上げます。

そして、読者様へ。久しぶりのＴＬ、いかがでしたか？　マリエの柔らかな身体や、ここぞというときに颯爽と現れる王子様の格好よさが少しでも伝わっているといいなと願っています。

女の子の楽しみに、おしゃれがあります。可愛いドレス、色っぽいドレス、気品のあるドレスを身に着けて、背筋をぴんと伸ばすマリエがだんだんと成長し、ミハイルとこころを通わせるあたり、どうぞ楽しんでいただけますように。

もしよろしければ、ご感想を編集部宛にお送りくださいね。リターンアドレスがある方には、SSペーパーをお送りします。

いずれ再び、蜜猫さんでお会いできることをこころより願って。また、お会いしましょう。

秀香穂里

Mitsuneko Label

蜜猫文庫をお買い上げいただきありがとうございます。
この作品を読んでのご意見・ご感想をお聞かせください。
あて先は下記の通りです。

〒102-0072　東京都千代田区飯田橋 2-7-3
(株)竹書房　蜜猫文庫編集部
秀香穂里先生 / ウエハラ蜂先生

王子殿下の可愛いお針子
～秘め事は塔の上で～

2017年4月29日　初版第1刷発行

著　者　秀香穂里

発行者　後藤明信

発行所　株式会社竹書房
〒102-0072 東京都千代田区飯田橋 2-7-3
電話　03(3264)1576(代表)
03(3234)6245(編集部)

デザイン　antenna

印刷所　中央精版印刷株式会社

Printed in JAPAN
ISBN978-4-8019-1060-7　C0193
この作品はフィクションです。実在の人物・団体・事件などには関係ありません。